書下ろし

一目《ひとめ》惚《ぼ》れ

風烈廻り与力・青柳剣一郎㊼

小杉健治

祥伝社文庫

目次

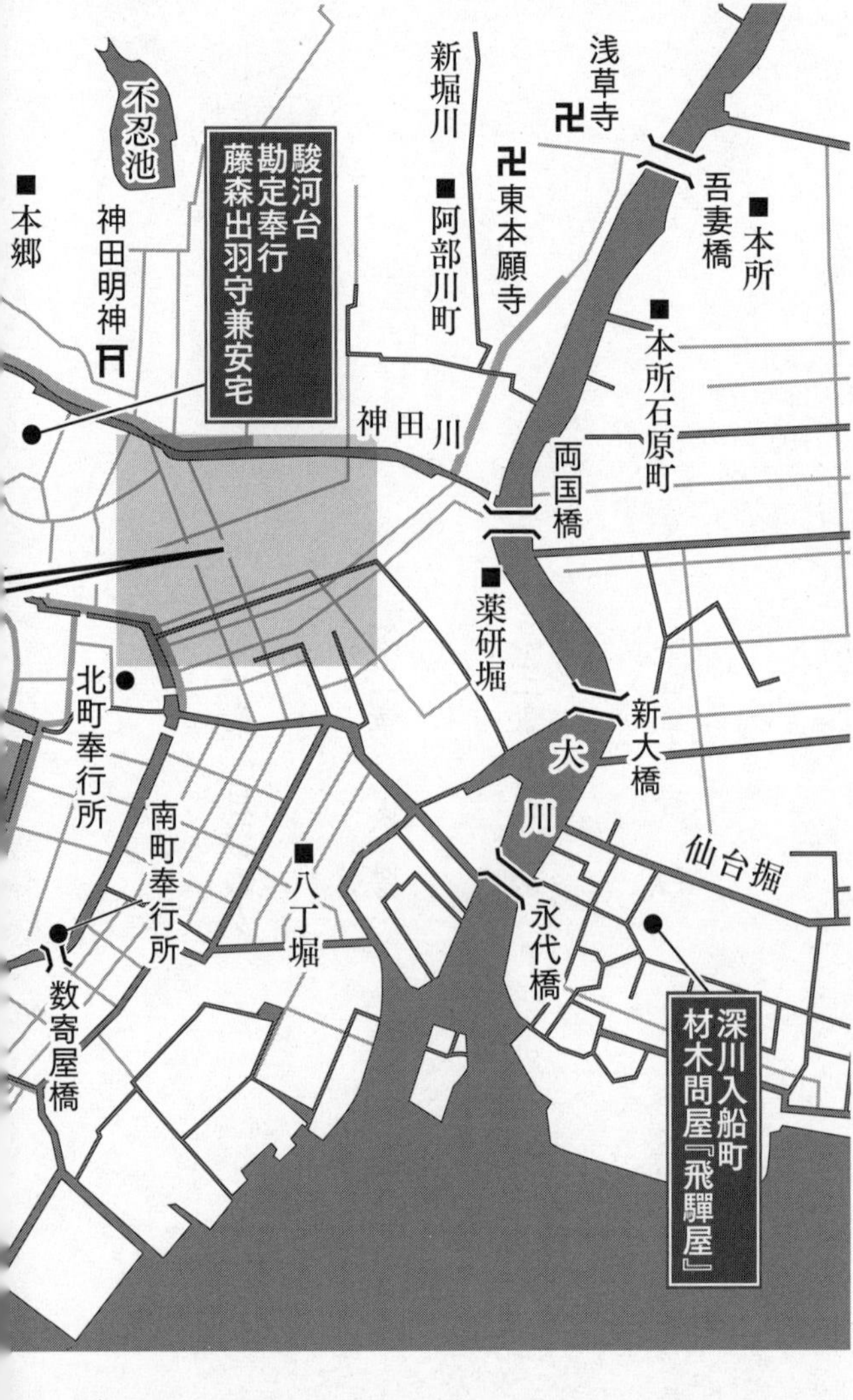
浅草寺
新堀川
不忍池
駿河台
勘定奉行
藤森出羽守兼安宅
本郷
神田明神
東本願寺
阿部川町
吾妻橋
本所
本所石原町
神田川
両国橋
薬研堀
新大橋
大川
北町奉行所
南町奉行所
八丁堀
仙台掘
永代橋
数寄屋橋
深川入船町
材木問屋『飛驒屋』

「一目惚れ」の舞台

北
東
南
西
牛込
江戸城
神田界隈
柳原通り
神田豊島町
神田岩本町
筋違橋
昌平橋
神田多町
小伝馬町
牢屋敷

第一章　月影の女

一

陰暦四月七日、昼過ぎから南風が強くなり、風烈廻《ふうれつまわ》り与力《よりき》青柳剣一郎《あおやぎけんいちろう》は配下の同心礒島源太郎《どうしんいそじまげんたろう》と大信田新吾《おおしだしんご》とともに見廻りのために南町《みなみまち》奉行所を出た。江戸では、冬は北ないし北西の風が吹くことが多いが、初夏になると南ないし南東の風が増えてくる。

数寄屋橋御門《すきやばしごもん》を抜けて、剣一郎の一行は築地《つきじ》、鉄砲洲《てっぽうず》方面に向かって南下した。強風は砂塵《さじん》を巻き上げ、視界を遮《さえぎ》った。

夕暮れ時、各町内を見廻りながら、築地本願寺《ほんがんじ》前から大川《おおかわ》に向かい、築地明石《あかし》町《ちょう》にやってきた。

風は生暖かい。桶《おけ》が転がって天水桶にぶつかって止まった。紙屑《かみくず》が宙を舞っていた。このようなときに火が出たら、火の粉は遠くまで飛ぶ。延焼を繰り返し、たちまち大火事になる。

家の前に燃えやすいものが出ていたら、住人に片づけるように注意をして、やがて鉄砲洲稲荷《いなり》前を過ぎる。稲荷社の境内《けいだい》にある藤棚の藤《ふじ》は今が盛りだ。

霊岸島《れいがんじま》に渡り、小網町《こあみちょう》に出る。町では火消しの連中が見廻りをしていた。鳶《とび》の頭《かしら》が会釈《えしゃく》をして擦《す》れ違う。

剣一郎の一行は各町内を見廻りながら北上する。自身番の屋根の上にある火の見櫓《やぐら》で見張り番が周囲に目を凝《こ》らしている。

神田須田町《かんだすだちょう》に差しかかったときには、とうに夜の帳《とばり》が下りていた。

須田町の裏道から神田多町《たちょう》に入った。すると、路地から急に飛び出してきた男がいた。背が高く、猫背ぎみの男だ。

顔を背《そむ》け、剣一郎の脇をすり抜けていった。

「待て」

剣一郎が声をかけると、あわてて駆けだした。

「新吾、追え」

「はっ」

新吾は男のあとを追った。小者も従う。

剣一郎と源太郎は男が飛び出してきた路地の奥に向かった。付け火を疑ったのだ。

火事の原因は不注意が多いが、付け火も少なくない。

付け火は重罪で火あぶりの刑に処せられるが、それでも強風の夜に付け火をする不逞《ふてい》の輩《やから》がいるのだ。火事騒ぎで家人が避難した家に忍び込んで、金目のものを盗んで行く者もいる。

今の男はどこかに火を付けて立ち去るところだったのかもしれないと、剣一郎たちは手分けして多町一丁目から二丁目まで歩きまわった。

しかし、どこにも付け火の痕跡《こんせき》は見出せなかった。竪大工町《たてだいくちょう》のほうから戻ってきた源太郎も、首を横に振った。

「異常はありません」

「こっちもない」

もしどこかに火を付けたのなら、もう火の手は上がっているはずだ。付け火に失敗した形跡もないことから、早合点《はやがてん》だったのかもしれないと思った。

「ともかく、安心した」

剣一郎は胸を撫《な》で下ろしたが、さっきの男の挙動は気になった。顔を背けて逃げたのだ。剣一郎は新たな不安を覚えた。

駆けてくる足音がした。新吾だった。

「申し訳ありません。あと一歩のところで取り逃がしました」

新吾が悔しそうに言う。

「どこに逃げたのだ？」

「八辻《やつじ》ヶ原《はら》の暗がりに消えました」

「仕方ない」

「でも、顔を見ました。頬骨《ほおぼね》が突き出て、顎《あご》の尖《とが》った顔をしていました。三十歳ぐらいです」

「なぜ、あの男が逃げたか気になる」

「間男《まおとこ》をしてきたという感じではありません」

「何かしでかしてきたことは、確かなようだ」

そのとき、女の悲鳴が風の音に混じって聞こえた。

「あっちだ」

剣一郎は声のしたほうに走った。

多町二丁目の通りを行くと、長屋木戸から男が血相を変えて飛び出してきた。

「どうした？」

剣一郎は声をかけた。

「自身番に行くところです。伊勢蔵《いせぞう》さんが……」

男は声を詰《つ》まらせた。

「伊勢蔵がどうしたんだ？」

「死んでいるんです」

「死んでいる？」

「稲荷の祠《ほこら》のそばで倒れて」

剣一郎は木戸を入り、奥に向かった。

稲荷の祠のそばに男が仰向けに倒れていた。住人も集まってきた。

「どいてもらおう」

「あっ、青柳さま」

年配の男が会釈をした。大家の松太郎《まつたろう》と名乗った。

剣一郎はしゃがんで亡骸《なきがら》を検《あらた》めた。胸から血が流れていた。心ノ臓をひと突きだ。体はまだ温かかった。四十五歳ぐらいか。えらの張った四角い顔だ。

「伊勢蔵というのか」

剣一郎は立ち上がって松太郎にきく。

「そうです。その部屋に住んでいました」

松太郎は一番近くにある部屋を指差した。

「商売は？」

「鋳掛《いか》け屋です」

鋳掛け屋は鍋や釜などを修理する職人だ。

「伊勢蔵はどんな男だ？」

「いかつい顔をしていましたが、おとなしい寡黙《かもく》な男でした。仕事も丁寧《ていねい》で客からの評判もよく、ひとに恨《うら》まれるような男には思えません」

松太郎は深刻そうに言う。

「悲鳴を聞いたか」

「いえ」

近くの自身番から町役人が駆けつけた。遅れて定町廻《じようまちまわ》り同心の植村《うえむら》京之進《きようのしん》がやってきた。

「これは青柳さま」

京之進があわてて頭を下げた。

「早かったな」

「はい。この近くにいました」

「まず、ホトケを」

剣一郎は促《うなが》す。

京之進がホトケを検めているあいだ、剣一郎は源太郎と新吾に見廻りを続けるように言った。

「では、先に行きます」

「うむ。すぐあとを追う」

ふたりを見送ったあと、剣一郎は京之進が亡骸を検め終えるのを待った。

「下手人は匕首《あいくち》をかなり扱い馴れているようですね」

京之進は傷を見て言う。

「うむ。じつは先ほど下手人らしき男を見かけたのだ」

不審な男とすれ違い、大信田新吾が男を追いかけたが、八辻ヶ原で見失ったという話を剣一郎はした。

「新吾の話では、男は三十歳ぐらい。頬骨が突き出て、顎の尖った顔をしていたそうだ」

「そうですか。わかりました。長屋の住人にきいてみます」

京之進は松太郎のところに行った。

「伊勢蔵のところに、三十歳ぐらいの頬骨が突き出て、顎の尖った顔をした男が訪ねてきていなかったか」

「さあ、気がつきませんでした」

松太郎が首を横に振り、

「おまえは隣に住んでいて何か気づかなかったか」

と、職人らしい丸顔の男にきいた。

「いいえ、見たことはありません」

「今夜、伊勢蔵のところに誰かきていなかったか」

京之進は丸顔の男にきいた。

「誰か訪ねてきていたようです」

「声は聞いたか」

「いえ」

「そうか」

「伊勢蔵のところにやってきた者を誰も見ていないんだな」

「あの」

おずおずと小肥《こぶと》りの女が口を開いた。先ほど聞こえた悲鳴はこの女のものだろう。

「何か」

京之進が顔を向ける。

「ふつか前の七ツ半（午後五時）ごろ、私が買い物から帰ってきたとき、木戸の前に、今話にあった特徴の男が立っていました。まるで髑髏《どくろ》のようでした。伊勢蔵さんを訪ねたかどうかわかりません」

「その男はどんな背格好だったか」

「背が高く、猫背ぎみでした」

「そうか」

京之進は頷《うなず》いた。

「では、わしは行く」

剣一郎は声をかけて長屋を出た。

まだ強風が吹き荒れる中を、源太郎と新吾のあとを追った。

長屋門の屋敷が並んでいる。長屋の窓は暗く、中から誰かが覗《のぞ》いていてもわからない。

二

神田駿河台《するがだい》の武家地を歩きまわっていた煙草《たばこ》売りの亀二《かめじ》は裏通りに入り、勘《かん》定奉行《じょうぶぎょう》藤森《ふじもり》出《で》羽守《わのかみ》兼安《かねやす》の屋敷の裏手にきた。庭に土蔵が見える。裏口の前を素通りし、塀の内側に松の樹が見える辺りで足を止めた。背中の荷を下ろし、しゃがんで草鞋《わらじ》の紐《ひも》を結《ゆ》わき直した。その間に、松の枝が塀のほうに伸びているのを確かめた。

再び、荷を背負い、亀二は歩きだした。

亀二は大柄でたくましい体をしている。二十二歳。おとなしそうな顔だちで、どこかのんびりしている。

幽霊坂《ゆうれいざか》を下り、昌平橋《しょうへいばし》の袂《たもと》に出る。橋を渡り、神田明神《みょうじん》に向かった。

辺りを見回しながら参道を鳥居のほうに向かうと、素早く卯助《うすけ》が亀二を追い抜いて行った。亀二はあとを追う。

鳥居をくぐった境内にある葦簾《よしず》張りの水茶屋に入り、縁台に腰を下ろした。

赤い前掛けをした茶汲《く》み女が黒塗りの下駄を鳴らして近寄った。

「茶と団子をもらおうか」

茶汲み女に声をかけた。

「はい」

茶汲み女は微笑《ほほえ》んで下がった。

「どうだ？」

女が離れてから、卯助がきいた。

「いける」

亀二は答えた。

「じゃあ、今夜だ。いいな」

「わかった」

「俺たちの店を持つためだ」

卯助は真顔で言う。亀二は兄の卯助とはふたつ違いだ。

「ああ、でも、ひとの金でいいんだろうか」

「…………」

卯助は目を細めただけで返事をしなかった。

「おまちどおさま」

茶汲み女が茶と団子を運んできて、亀二と卯助の間に置いた。

去っていく茶汲み女の後ろ姿に目をやりながら、

「亀二、どうだ、今の娘。なかなかの器量好《きりようよ》しじゃねえか」

と、卯助はにやついた。

「そうだな」

亀二は気のない返事をした。

「それだけか」

「それだけって」

「いい仲になりたいとか、嫁にしたいとか思わないか」

「別に……」

「別にか」

落胆したように呟《つぶや》き、卯助は湯呑《ゆの》みをつかんだ。

「まさか、女がだめだってんじゃないだろうな」

「そんなんじゃねえ。でも、どんな女を見ても昂《たかぶ》るものがないんだ」

亀二は茶を飲んで正直に答えた。

「吉原《よしわら》の花魁《おいらん》と遊んでも夢中にはならなかったな」

卯助は思いだして言う。

「…………」

「おしんが何人か引き合わせたが、おめえはその気にならなかった」

おしんは卯助の許嫁《いいなずけ》だ。

「亀二さんはおっかさんの面影《おもかげ》を追っているんじゃないのかと、おしんが言っていたが」

「そんなことはねえ」

亀二は否定する。

「そうかな」

卯助が首を傾《かし》げる。

「まあ、いい。だが、だいぶ金もたまったし、もうそろそろ潮時だ。あと、一、二回で足を洗う」

「うむ」

「俺はおしんと所帯《しょたい》を持つ。おめえもかみさんをもらって新しく出直せればな」

「兄貴は俺のことなど気にせずに、おしんさんといっしょになってくれ」

「………」

「兄貴」

亀二は低く叫んだ。

尻端折《しりはしょ》りをした岡っ引きが手下とともに鳥居をくぐってきた。

「亀二、少し離れろ」

「わかった」

亀二はゆっくりとした動きで、縁台を移動した。

岡っ引きがこっちに近づいてきた。

何か目をつけられることをしたのか。思い当たることはないが、亀二は緊張した。卯助は平然と団子を食っていた。

岡っ引きは茶汲み女に声をかけた。亀二は聞き耳を立てた。

「痩《や》せて、頬骨の突き出た男を知らないか」

「頬骨の突き出た男ですか。そのような顔のひとは何人かお見かけしましたけど」

「それこそ、髑髏のような顔をしている。背が高く、猫背ぎみだ」

「いえ。よく覚えていません」

女は答えた。

「そうか。神田明神の境内で見かけたという者がいたのでな」

「ここには来たことはないと思います」

女は答える。

「わかった。邪魔をした」

岡っ引きは引き上げた。

「もし、親分さん」

卯助が立ち上がって岡っ引きに声をかけたので、亀二は驚いた。

「髑髏のような顔の男は何者なんですかえ」

「おめえは？」

岡っ引きは胡乱《うろん》げにきいた。

「へえ。あっしは小間物屋の卯助と申します」

「知っているのか」

「いえ、そうじゃありません。あっしもあっちこち歩きまわっているんで、頬骨が突き出て髑髏のような顔をした男とばったり会うかもしれませんので」

卯助は言い訳をする。

「そうか。じつはな、三日前に多町二丁目で殺しがあったんだ」

「殺しですかえ。殺されたのは誰なんで？」

「伊勢蔵という鋳掛け屋だ。殺しの現場付近から立ち去ったのが頬骨が突き出て髑髏のような顔をした男だ」

「そうですかえ」

「その男が下手人かどうかはまだわからねえ。ただ、事情を知っているかもしれねえから、行方を探しているんだ」

「わかりやした。あっしも心がけておきます」

「うむ」

岡っ引きは去って行った。

「兄貴。なんで岡っ引きに顔を晒《さら》すような真似をするんだね。危険じゃないのか」

亀二は呆《あき》れたようにきく。

「じつは頬骨が突き出て髑髏のような顔をした男を、俺は見かけたことがあるんだ」

「どこで会ったんだ？」

「駿河台だ。あの武家地を歩いていた」

「誰かを訪ねたのか」

「いや。そんな感じではなかった。どこぞの旗本《はたもと》屋敷の中間《ちゅうげん》部屋に居候《いそうろう》しているとも思えないしな」

「まさか、同業じゃ？」

亀二は眉根《まゆね》を寄せた。

「そうではない。気にするな」

卯助は不敵《ふてき》に笑った。

兄弟でありながら、兄の卯助と弟の亀二は性分は正反対だった。卯助は何をやらせても素早くそつがない。機敏で器用だった。それに引き替え、亀二は鈍重ではないが、のんびり屋だった。

「じゃあ、今夜だ。俺は先に行くからな」

「わかった」

用心して、別々に動くようにしていた。

その夜、亀二と卯助は黒装束に身を包み、黒い布で頬被《かぶ》りをして、藤森出羽守の屋敷裏にやって来た。

月は雲間に隠れ、塀際の暗がりの闇に姿は溶け込んでいる。

「よし」

卯助が綱を手にして言う。

亀二は塀に両手をついて前屈《かが》みになる。卯助はぴょんと軽快に亀二の背中に飛び乗る。亀二はゆっくり体を起こす。卯助は壁に手をつきながら、亀二の肩の上で立ち上がった。亀二は手のひらを上にして耳の高さに置く。そこに、卯助は足を乗せた。亀二は手を上に伸ばし、卯助をぐうっと押し上げた。

卯助は松の枝に綱を投げて引っかける。その綱をたぐって易々《やすやす》と塀を乗り越えた。

亀二が裏口に向かうと、すでに卯助が閂《かんぬき》を外していた。

中に入り、亀二は戸を閉め、奥に向かった。

池があり、築山《つきやま》には四阿《あずまや》が建っていた。

土蔵まで行き、亀二は辺りを見回す。卯助が釘《くぎ》を使って錠前《じょうまえ》を破った。

扉を開け、火縄に火を点《つ》け、漆黒の闇の土蔵に入った。もうひとつの扉を開け、奥に入る。火縄の僅《わず》かな明かりで、卯助は千両箱を探した。しかし、見つからなかった。

だが、桐《きり》の木箱があった。重そうだった。紐《ひも》で結《ゆ》わいてある。卯助は手にした。

「重い。小判だ」

そう言い、卯助は紐を解き、蓋《ふた》を開けた。上に菓子が並んでいる。二重底で、下に小判が隠されていた。

「三百両はある」

卯助は蓋を閉め、紐で結わき直した。

「これをもらって行こう」

「でも」

いつも盗み出すのはせいぜい二、三十両だ。武家であればそれぐらいなら、体面を考えて訴え出ないだろうという読みがあった。

「付け届けの品だ。訴えられねえはずだ」

「わかった」

そうかもしれないと、亀二は木箱を持った。

土蔵を出て、卯助は錠前を元通りにかけた。

裏口に向かいかけたとき、卯助が足を止めた。池のそばに誰かいる。ふたりはとっさに植込みに身を隠した。

ふたつの影があった。

「百合《ゆり》の方さま。もう戻りませんと」

女の声がした。

「わかりました」

百合の方と呼ばれた女が答えた。

女が体の向きを変えた。おりしも、雲間から月影が射《さ》した。女の姿が浮かび上がった。細面《ほそおもて》の色は白く、憂《うれ》いがちな目、すっと通った鼻筋に小さな唇《くちびる》。清らかな立ち姿は、まるで百合の精が月の光を受けて女に変化して現われたようだった。

亀二は魂《たましい》を奪われたように、ただ息を呑んで見つめていた。

百合の方は亀二と卯助の目の前を通って母家《おもや》へと向かった。

女の姿が遠ざかるにしたがい、再び月は雲間に隠れた。

「行くぞ」

卯助は歩きだしたが、すぐ振り返った。

「亀二。何をしているんだ」

亀二ははっとした。

「早く、来い」

「ああ」

亀二はあわてて植込みから出て裏口に向かった。戸を開けてくぐると、卯助は閂をかけた。亀二は忍び込んだ場所まで行くと、卯助が松の枝にかけた綱を伝って塀に攀《よ》じ登り、綱を回収して塀の外に下り立った。

そして、そのまま暗い夜道に消えて行った。

三

朝、青柳剣一郎は茶で無地の肩衣《かたぎぬ》に平袴《ひらばかま》で、槍持《やりもち》、草履《ぞうり》取り、鋏箱《はさみばこ》持、若党を従え、八丁堀《はっちょうぼり》の屋敷を出て、四半刻（三十分）後には数寄屋橋御門の南町奉行所の与力部屋に座っていた。

茶を飲んでいると、見習い与力がやって来た。

「宇野《うの》さまがお呼びにございます」

「わかった。ごくろう」

剣一郎は湯呑みを置いて立ち上がった。

年番方《ねんばんかた》与力の部屋に赴《おもむ》き、

「宇野さま。お呼びで」

と、文机《ふづくえ》に向かっていた清左衛門《せいざえもん》に呼びかけた。

清左衛門は机の上の帳面を閉じて威厳に満ちた顔を向けた。清左衛門は金銭面も含めて奉行所全般を取り仕切っている。奉行所一番の実力者である。

「長谷川《はせがわ》どのがお呼びだ」

清左衛門は渋い顔をした。

内《うち》与力の長谷川四郎兵衛《しろべえ》のことだ。内与力はもともと奉行所の与力ではなく、お奉行が赴任と同時に連れて来た自分の家臣である。

四郎兵衛はお奉行の威光を笠《かさ》に着て、態度も大きい。ことに、剣一郎を目の敵《かたき》にしている。そのくせ、何かあると剣一郎を頼るのだ。

「あの御仁《ごじん》は何かあると、すぐ青柳どのを頼る。困ったものだ」

清左衛門は顔をしかめて立ち上がった。

内与力の用部屋の隣にある部屋に行くと、長谷川四郎兵衛がやって来た。

「ごくろう」

四郎兵衛は鷹揚《おうよう》に言う。

「長谷川どの。さっそく話を伺《うかが》いましょう」

挨拶《あいさつ》抜きに、清左衛門は促した。

「されば」

四郎兵衛は咳払《せきばら》いをして、

「勘定奉行藤森出羽守さまのお屋敷の土蔵から桐の小箱がなくなっていたそうだ」

と、切り出した。

「その木箱は、ある商人からの付け届けだ。藤森さまは賄賂《わいろ》は受け取らぬ考えであり、すぐに返すつもりで、一時的に土蔵に入れておいたのだ。それを盗まれた……」

「木箱の中身は？」

「菓子の詰め合わせだが、二重底の下には三百両が入っていたらしい。盗人はそれを見て、盗んでいったようだ」

「それを取り返してもらいたいと?」

清左衛門がきく。

「いや、そうではない。もし、その盗人が捕《つか》まり、藤森さまのお屋敷の土蔵から盗んだと自白したときに、誤解を受けかねないので、あらかじめ話しておきたいということだ」

「では、青柳どのにその盗人の探索をやらせるという話ではないのか」

「いや、そうではない。もちろん、その盗人の探索はせねばならぬ。じつは、いくつかの旗本屋敷で盗人の被害が出ているそうだ。被害に遭《あ》った旗本屋敷は体面を考えて訴え出ていないが」

「それは同心の役目。青柳どのが乗り出すことではない」

清左衛門ははっきり言う。

「もちろんだ」

四郎兵衛は剣一郎に顔を向け、

「じつは、藤森出羽守さまが青柳どのにお会いしたいそうだ」

「藤森さまが?」

「理由はわからぬ。ただお奉行に、青柳どのに会いたいと仰《おつしや》ったそうだ」

「そうですか」

「青柳どのは藤森さまを知っているのか」

四郎兵衛が不思議そうにきいた。

「十年ほど前、藤森さまは御先手《おさきて》組頭を務めていらっしゃったとき、火盗改め《かとうあらため》頭に任じられました。その際、何度かお目にかかったことがあります」

火盗改め役は、御先手組頭が兼務した。

御先手組は弓組と鉄砲組にわかれ、戦時には先鋒《せんぽう》を務める。だが、平素は閑《かん》職《しょく》であり、ここから火盗改め役が選ばれていた。

「それでか」

四郎兵衛は頷く。

「しかし、青柳どのと縁があったのは十年前だが」

清左衛門は首を傾げ、

「何か青柳どのに頼みごとがあるのではないか」

と、口にした。

「お奉行は用件を知っているのでは？」

剣一郎はきいた。

「さあ、聞いてはおらぬ」

四郎兵衛は首を横に振った。

「出来たら早いほうがいいということであった」

「さようでございますか。ならば、今日にでも」

「八つ半（午後三時）にはご下城されよう。では」

四郎兵衛はすっくと立ち上がった。

「藤森さまの用件は何か。勘定奉行という役目柄、何か困った事態になったのであろうか。やはり、付け届けの品が盗まれた件に絡《から》んだことのように思えるが」

清左衛門は眉根を寄せた。

「ともかくあとで行ってみます」

「ごくろうだが、頼んだ」

清左衛門は溜《た》め息をついて言う。

与力部屋に戻ると、見習い与力がすぐ近づいてきて、

「植村京之進どのがお目にかかりたいということですが」

と、声をかけた。

「わかった。ここへ」

「はっ」

見習い与力が下がって、待つほどの間もなく京之進がやってきた。

「お忙しいところを申し訳ありません」

京之進は断ってから、

「多町二丁目で刺し殺されていた伊勢蔵のことですが」

と、切り出した。

「鋳掛け屋の仕事も真面目で、特にひとから恨まれるようなことはない暮らしをしていました。三年前におかみさんが亡くなり、今はひとりでつましく生きていたようです」

「殺される理由は見当たらないようだな」

「はい。頬骨が突き出て、顎の尖った顔の男との繋《つな》がりも見出せません。長屋の者や鋳掛け屋仲間、それから、伊勢蔵が毎夜顔を出していた居酒屋の常連にきいても、誰もそのような男を知りませんでした」

「すると、その男は何者かに頼まれた殺し屋だろうか」

「はい。そうと考えられます」

「だが、殺し屋まで使って伊勢蔵を始末しようなどという者がいるだろうか」

「はい。そこで、意外なことがわかりました」

京之進は厳しい表情で、

「伊勢蔵は十年前、火盗改めの密偵《みってい》をしていたそうなんです」

「なに、十年前に火盗改めの……」

剣一郎は眉根を寄せ、

「十年前といえば、藤森出羽守兼安さまか」

「はい。藤森兼安さまが火盗改め頭をしていた三年間、密偵として働いていたそうです。かなり有能だったということです」

藤森出羽守が会いたいと言ってきたのはこの件だろうか。

「そうだとしたら、十年前に起きたあの事件ではないでしょうか。伊勢蔵の密告で盗賊を壊滅させた事件です。その残党が復讐をしにきたのではないでしょうか」

「そうだとしても、なぜ今なのだ？　十年間、なぜ、おとなしくしていたのか。いずれにしても、密偵時代のことが絡んでいるのは間違いないようだ」

剣一郎は言ってから、

「じつは、藤森兼安さまから呼ばれているのだ」

「藤森さまからですか」

京之進は不思議そうな顔をした。

「急にだ。この件に関わりがあるとみて間違いない」

火盗改め時代の密偵が殺されたからといって、なぜ藤森出羽守があわてて剣一郎を呼んだのかが解《げ》せなかった。

藤森兼安は伊勢蔵が殺されたことは知っているのか。

「ともかく、藤森さまの話を聞いてくる。そなたは、頬骨が突き出て、顎の尖った顔の男を探すのだ」

「わかりました。では」

京之進が去ったあと、剣一郎は十年前、藤森兼安が火盗改め頭をしていたときのことを思いだしていた。

在任中、藤森兼安は数々の押込みや火付けを捕らえてきた。いや、抵抗する者はほとんど斬り捨てている。

剣一郎は藤森兼安のやり方には批判的であった。いくら疑わしくとも、奉行所は証《あかし》がなければ牢《ろう》送りにしない。だが、火盗改めは怪しいと思っただけで捕まえ、役宅に引っ張り、激しく拷問《ごうもん》を加え、仲間のことを白状させる。その強引なやり方は、ひとつ間違えれば冤罪《えんざい》を産みかねない。

これは何も藤森兼安だからというわけではない。元々火盗改めはそういう探索の仕方を認められているのだ。

本来であれば、犯罪の取締まりは奉行所が行うが、奉行所だけでは手に負えないほどの凶悪犯罪が増えたために、火盗改めが置かれた。

火盗改め役には町奉行所のように一定の役所があるわけではなく、御手先組頭の拝領屋敷が役宅になる。

八つ半、剣一郎は草履取りを従え、駿河台にある藤森兼安の屋敷を訪れた。

門を入り、玄関に向かう。広々とした庭が植込みの向こうに見えた。

玄関には鬢《びん》に白いものが目立つ用人らしき侍が待っていた。

「青柳どのか。用人の高坂喜平《たかさかきへい》でござる。どうぞ」

高坂喜平は上がるように勧めた。

「では」

腰から刀をとり、右手に持ち替えて、剣一郎は式台に上がる。

草履取りが剣一郎の草履を持って外に下がった。

高坂の横に控えていた若い侍が、

「お腰のものを」

と、声をかけた。

剣一郎はその者に刀を預け、用人のあとに従い、庭に面した客間に通された。

剣一郎が腰を下ろすと、用人も畳に手をついて、

「急な呼出しにも拘《かかわ》らず、よくお出《い》でくださいました。殿も久しぶりにお会いすることをとても楽しみにしておりました」

と、改めて挨拶をした。

「なぜ、私を呼んだのでしょうか」

「青柳どののご活躍は殿もよく存じあげております」

高坂は答えをはぐらかした。

剣一郎はそのことには触れず、

「あれから、藤森さまはたいそうなご出世で」

と、勘定奉行になった藤森兼安を讃《たた》えた。

火盗改め頭をやめたあとは御先手組頭に戻ったが、やがて伏見《ふしみ》奉行、大坂西町《おおさかにしまち》

奉行などを経《へ》て、二年前から勘定奉行を担《にな》っている。

「殿は火盗改めの時代が一番楽しかったようです」

高坂は口元に笑みを浮かべたが、すぐ真顔になり、

「お出でのようです」

と、耳を澄ました。

やがて、障子《しょうじ》が開き、恰幅《かっぷく》のよい藤森兼安が入ってきた。剣一郎は平伏して迎えた。

藤森兼安は床《とこ》の間《ま》を背に座り、

「青柳どの、久しぶりだ」

と、鷹揚に口にした。

「はっ、藤森さまもお変わりなく、祝着至極《しゅうちゃくしごく》に存じます」

「そなたの活躍はときどき耳にしている。そなたのような与力がいるから、江戸の町も安心だ」

「恐れ入ります」

剣一郎は低頭したが、すぐ顔を上げ、

「ところで藤森さま、私に何か」

と、訊《たず》ねた。

「うむ」

藤森兼安の表情が翳《かげ》った。

すぐ口を開こうとしないので、剣一郎は切り出した。

「四日前に伊勢蔵という男が殺されました。ひょっとして、そのことと何か関わりが？」

「さすが青柳どの」

藤森兼安は頷きながら、

「伊勢蔵は十年前、火盗改めの与力塩屋五兵衛《しおやごへえ》が密偵として使っていた男だ」

と、口にした。

「その伊勢蔵の死に何かあるのですか」

「うむ」

「密偵だったのは十年前ですね。その伊勢蔵の死を、なぜ藤森さまが気にかけるのでしょうか。まさか、密偵時代のことが殺しに関係していると？」

「おそらく」

「どういうわけでそう思われるのですか」

剣一郎は確かめる。十年も前に火盗改めの密偵をしていた男が殺されたからといって、どうして火盗改め時代のことに絡めて考えるのか。

「じつは十日前に、塩屋五兵衛が殺された」

「えっ？」

剣一郎は耳を疑った。

「塩屋五兵衛どのが殺されたのですか」

「そうだ。神楽坂《かぐらざか》で袈裟懸《けさが》けに斬られていたそうだ」

「斬った相手は？」

「わからぬままだ」

「奉行所は知りません」

塩屋五兵衛の件は奉行所も知らない。

「塩屋の家の者が世間体を考えて病死として届け出たのだ。お城の門の警備をし、将軍の外出時に警護を務める御先手組の与力が、刀を抜くことも出来ぬまま斬られたのだからな」

藤森兼安は苦しげな顔をした。

「塩屋五兵衛どのと伊勢蔵が殺されたことから、火盗改め時代の恨みだとお考えになられたのですね」

「そうだ」

「ふたりの死をどうして知ったのですか」

「塩屋五兵衛のことは御先手組頭時代に配下だった糸崎伊十郎《いとさきいじゅうろう》が教えてくれた。塩屋五兵衛の朋輩《ほうばい》だ」

「なぜ、糸崎伊十郎どのは塩屋五兵衛どののことを報《しら》せに？　十年も前のことではありませんか」

「塩屋五兵衛が殺される前日、糸崎は神楽坂の毘沙門天《びしゃもんてん》で、塩屋が二十四、五歳の男と話していたのを見かけたそうだ。その二十四、五歳の男を見て、糸崎はとっさにある男を思いだしたそうだ」

藤森兼安は言葉を切り、

「天馬《てんま》一味の頭の十蔵《じゅうぞう》だ」

と、続けた。

「天馬の十蔵ですか」

当時、江戸中を震撼《しんかん》させた押込み一味だ。二年間で六軒の商家に押し入り、盗んだ金は七千両。押込み先で殺したひとの数は十五人を下らない。

本所《ほんじょ》にあった天馬一味の隠れ家を急襲し、抵抗する者を斬り捨てて一味を壊滅させたのが、当時の火盗改め頭の藤森兼安だった。

「天馬一味の隠れ家を見つけたのは伊勢蔵だ。先陣を切って隠れ家に踏み込み、頭の十蔵を捕まえたのが塩屋五兵衛だ。十蔵は引き回しの上に獄門《ごくもん》になった」

早暁《そうぎょう》に小伝馬町《こでんまちょう》の牢屋裏門を出発した引き回しの一行は、大伝馬町《おおでんまちょう》から堀留町《ほりどめちょう》、小舟町《こぶなちょう》を通り、江戸橋《えどばし》を渡って楓川《かえでがわ》にかかる海賊橋《かいぞくばし》から奉行所与力、同心の組屋敷がある八丁堀に入る。六尺棒を持った先払いの者や罪状を書いた幟持《はたもち》を先頭に、突棒、刺股《さすまた》などの捕物道具を持った者が続き、そして裸馬に乗った十蔵があとに従う。

剣一郎は屋敷を出て引き回しの一行を見送った。このとき、十蔵を見た。髪はそそけだち、浅黒い顔に不精髭《ぶしょうひげ》。鋭《するど》い眼光で、辺りを睥睨《へいげい》していた。

引き回しの一行は八丁堀の組屋敷を南北に突っ切って行った。

「塩屋どのが会っていた男が十蔵に似ていたのですね」

剣一郎は確かめる。

「そうだ。単に似ているだけなら問題はない。だが、当時、気になることがあったのだ」

　藤森兼安は厳しい表情で、

「十蔵には情婦がいた。取り調べのときに、情婦に子どもがいると十蔵は言ったのだ」

「なぜ、十蔵はそんなことを？」

「わしを脅《おど》したつもりなのだ。俺は獄門になるだろうが、俺を捕まえたおまえは必ず後悔するときがやってくるとほざきおった。俺の子がおとなになったら必ず仕返しをするとな。情婦を探したが見つけ出せなかった」

　藤森兼安は無念そうに言う。

「塩屋どのが会っていた男が十蔵の子どもではないかと思ったのですね」

「そうだ。情婦には男の子がいた。十蔵に似た男が塩屋を殺したとなれば、十蔵の子だと考えねばならない」

「それで、糸崎どのは藤森さまに報せたというのですね」

「伊勢蔵も殺されてからだ」

「十蔵の伜《せがれ》が復讐を図《はか》っているのでしょうか」

　剣一郎はきいた。

「天馬一味を壊滅に追い込んだふたりが殺されたのだ。取り調べのとき、十蔵がうそぶいたことがほんとうになった」

「そうですね」

「青柳どの。この件を調べてはくれないか。塩屋五兵衛殺しは病死として片づけてしまったそうだが、殺されたことに間違いはない」

「復讐を図っているとしたら、最終の狙いは？」

「わしだ」

藤森兼安は溜め息をついた。

必ずしもそうと限らないと、剣一郎は思った。藤森兼安を苦しめるのが狙いなら、家族を殺したほうが……。

「わかりました。お引き受けいたしましょう」

伊勢蔵殺しは京之進が探索している。当然、塩屋五兵衛殺しも調べなければならないのだ。

「話は変わりますが、土蔵から付け届けの品がなくなっていたそうですが？」

剣一郎はきく。

「うむ。土蔵の錠前は元通りになっていたが、盗人が入ったのは間違いない」

「ちなみにその付け届けの品はどこから？」

剣一郎は参考のためにきいた。

「それはご容赦《ようしゃ》願いたい。突き返す予定であったのでな」

「しかし、このままでは返却出来ません。先方は受け取ったと思い込むかもしれません」

「そうかもしれぬ。だが、事情はそなたのところのお奉行も知っている。青柳どのもだ。いざというときにはそのことを話してくれれば問題ない」

「さようですか」

剣一郎はあえて逆らわなかった。

「では、さっそく糸崎伊十郎どのから話を聞いてみます」

「頼んだ」

「はっ」

剣一郎は立ち上がった。

玄関に行くと、預けてあった刀を受け取り、草履取りが置いた草履に足を入れた。

潜《くぐ》り戸を出たとき、向かいの屋敷の角に男が立っているのに気づいた。こちらを見ると、体の向きを変えた。

角まで行って路地を見ると、煙草売りの男の背中が見えた。

訝《いぶか》しく思いながら剣一郎はそのまま先に向かった。幽霊坂を下っていると、坂を上がってくる小間物屋の男がいた。さっきの煙草売りも武家屋敷の奉公人を相手に商売をしているのか。

小間物屋は剣一郎に軽く会釈をして擦れ違って行った。二十四、五歳の男だ。行き過ぎたあと、剣一郎は気になって振り返った。どこか緊張しているふうに思えたのだ。

小間物屋の男も立ち止まってこっちを見ていたが、剣一郎の視線に気づくと、あわてて坂を上がって行った。

気になりながらも、剣一郎は坂道を下った。

四

亀二は藤森兼安の屋敷が見通せる場所に立った。さっきは屋敷から武士が出てきたので、あわてて路地の奥に逃げた。

陽は傾き出し、武家屋敷の屋根の上から陽光が射している。藤森兼安の長屋門に目を向けるが、門が開く気配はない。

「まだ出て来ないか」

背後で声がして、横に卯助が並んだ。

「だめだ」

「いい加減、諦《あきら》めたらどうだ？」

「もう一度、ひと目でいいから会いたいんだ」

亀二は思い詰めて言う。

「いくら恋い焦《こ》がれようが無駄だ」

「わかっている。だから、もう一度だけ」

亀二は胸に穴が空《あ》くような切なさに襲われた。

昨夜、藤森兼安の屋敷に忍び込んだときに見かけた女が、亀二の心の奥にすっぽりと入り込んでしまった。

我ながら不思議だった。これまでどんな美しい女を見ても心が動いたことはなかった。だが、植込みの陰から見た姿にかつてない衝撃を受けたのだ。

藤森の屋敷に入った後、亀二は魂を抜かれたようになっていた。昼すぎになって、神田岩本町《いわもとちょう》の裏長屋の部屋でぼんやりしているのを、訪ねてきた卯助が見て、驚いて駆け寄った。

「おい、亀二。どうしたんだ？」

卯助は亀二の体を揺すった。

「しっかりしろ」

「あっ、兄貴」

亀二ははっとして卯助に気づいた。

「どうしたっていうんだ。ぼんやりして」

「なんでもない」

「なんでもないってことがあるか。いってえ、どうしたんだ？」

「なんでもないんだ」

「ほんとうか」

「ああ、もうだいじょうぶだ」

亀二は笑みを浮かべたが、顔が強張《こわば》っていたのがわかった。

「なかなか来ないので、心配になって来てみたんだ」

「そうだった、すまねえ」

「今からでもいいから、うちに来い」

「わかった」

亀二は立ち上がった。

卯助は豊島町《としまちょう》一丁目の裏長屋に住んでいる。亀二の家から歩いてすぐのところにある。

長屋木戸を抜け、路地の奥にある卯助の部屋に入る。卯助は戸に心張《しんば》り棒をかけた。

部屋に上がると、すぐに畳を上げ、床板を剝《は》がして昨夜盗んだ桐の箱をとった。

「やっぱりこれは進物《しんもつ》だ。二重底で、下に三百両。ただの進物ではない。賄賂だ。これは表沙汰《おもてざた》に出来ない」

卯助はほくそ笑み、

「これでいっきに目標の五百両に近づいた。予定より早いが……」

亀二はいつしか昨夜の女に思いが向いていた。月の光を受けて浮かび上がった姿は、この世のものとは思えない神々《こうごう》しさがあった。

「おい、亀二」

卯助の大きな声に、亀二はびくっとした。

「また、ぼうっとしていたな。いったいどうしたっていうんだ」

卯助は呆れ返ったように言う。

「ああ、すまねえ。なんだっけ」

「なんだっけじゃねえ。まったく俺の話が耳に入っていなかったようだな」

「………」

「おめえ、ちょっとおかしいぜ。どこか悪いのか」

「そうじゃねえ」

「どうも、心ここにあらずだ」

卯助が首を横に振りながら言う。

「すまねえ、もう一度話してくれねえか」

「金が貯まったって話だ。だから、予定を早め、商売をはじめようっていうんだ」

「じゃあ、もう盗みはしなくていいのか」

「そうだ。もう元手は出来た。これからは店を持ち、地道にやっていくんだ」

「………」

「おい、聞いているのか」

「聞いている」

「なんだか気のない返事だな」

「そんなことはない。じゃあ、いよいよ兄貴はおしんさんと所帯を持って店をはじめるんだな」

「そうだ。おめえもいっしょだ。俺の店を手伝え。本所の横網町《よこあみちょう》に居抜きのいい店が売りに出ているんだ」

「…………」

亀二はまたも卯助の声を遠くに聞いた。ずしんと心に染み込んでこなかった。

いつしか、思いは昨夜の女に向かっていた。

あの女は白百合の精かもしれない。可憐《かれん》で清らかな美しさに、亀二は魂を奪われた。

「おい、亀二」

亀二ははっとした。

「おめえ、おかしいぜ」

卯助が心配そうに顔を覗き込んできた。

「そういえば、昨夜からだ。亀二、まさか」

卯助が顔色を変えた。

「昨夜の女か」

「………」

亀二は俯《うつむ》いた。

「そうなのか」

卯助はまじまじと亀二の顔を見つめ、

「驚いたぜ。どんな女にも気持ちが動かないので、おめえは女嫌いかと思っていたんだ。それなのに昨夜の女に……」

と、驚いたように言う。

「自分でもわからないんだ」

亀二は正直に言う。

「何がわからないんだ？」

「あの女のひとの顔が頭にこびりついて離れないんだ。胸が痛い。切なくて苦しいんだ。こんなことはじめてだ」

亀二は涙声になった。

「こいつは重病だぜ」

卯助はおかしそうに笑ったが、真顔になって、

「昨夜は盗みを働いた興奮と庭に人影があったという緊張の中で、月影に照らされた若い美しい女を見て、心を奪われてしまっただけだ。普通に見たら、おめえのことだ、何とも思わなかったに違いねえ」

と、説《と》き伏《ふ》せるように言った。

「そんなことはない」

亀二は反発する。

「昼間、お天道《てんと》さまの下で見てみろ。水茶屋にいた茶汲み女のほうが絶対にいい女だ」

「違う」

「だったら、昼間見てみればいい」

「昼間、忍び込むのか」

「ばか言え。昼間なんか忍び込めるか」

「じゃあ、どうするんだ?」

亀二はきく。

「女も一日屋敷に籠《こ》もっているわけではあるまい。外出するときを待つんだ」

「わかった。そうする」

「おいおい、本気で出てくるのを待つつもりか」

「もう一度会いたいんだ」

「会ってどうするんだ？」

「…………」

「あの女は藤森家のお嬢さまだろう。一方的に思いを募《つの》らせて苦しむだけ苦しみ、最後は泣いて諦める。そうなるのがおちだ」

「わかっている」

「いや、わかっちゃいねえ」

「俺はあの女のひとをもう一度遠くからでもいいから見てみたい」

「ちっ」

卯助は舌打ちして、

「お天道さまの下で見れば、目が覚めるだろう」

と、苦笑した。

そしてまだ明るいうちにと、藤森兼安の屋敷にやって来たのだ。ずっと一カ所にいると怪しまれるので、この界隈《かいわい》を歩きまわった。

「もうきょうは出てこないだろう。引き上げよう」

「もう少し」

亀二は門を見つめながら言う。

「さっき、青痣《あおあざ》与力と擦れ違った」

「青痣与力？　あっ、じゃあ、さっきの……」

「おめえも見かけたか」

「藤森兼安の屋敷から出てきた」

「なんだと」

卯助は声を上擦らせた。

「まずいな。出羽守は俺たちが盗んだ品の探索を青痣与力に依頼したのだ」

「でも、俺たちの仕業《しわざ》だとばれるわけはないだろう」

亀二は不安そうにきく。

「ああ、何の痕跡《こんせき》も残しちゃいないはずだ。だが、青痣与力が直々《じきじき》に調べるとなると、油断は出来ねえ」

若い頃、青痣与力こと青柳剣一郎はたまたま町を歩いていて、押込みに遭遇した。単身で踏み込み、数人の賊《ぞく》を退治した。そのとき頰に受けた傷が青痣となって残った。それは勇気と強さの象徴となり、その後、数々の難事件を解決に導いている。

「ともかく、今日のところは引き上げよう」

「わかった」

ふたりは幽霊坂を下り、卯助の住む豊島町一丁目の裏長屋に帰った。

卯助が戸を開けると、いい匂《にお》いが漂《ただよ》っていた。

「お帰りなさい」

おしんが台所に立って煮物を作っていた。

「早かったな」

「ええ。夕餉《ゆうげ》の支度《したく》をしておこうと思って」

「ありがてえ」

「おしんさん。どうも」

亀二は挨拶をする。

「あら、亀二さん。なんとなく声に張りがないように思えるけど」

おしんが心配そうに言う。

「なんでもないんだ」

亀二はあわてて言う。

「兄貴。俺は帰る」

「いいじゃねえか。飯を食っていけ」

「でも、喉《のど》を通りそうもねえ」

「じゃあ、酒でも呑んでいればいい。さあ、上がれ」

「そうよ、亀二さん、上がって」

おしんは甲斐甲斐《かいがい》しい。ふたりはお似合いだと、亀二は思った。おしんは卯助と亀二が盗みを働いていることなど、まったく想像さえしていないはずだ。

「亀二、さあ」

卯助は促した。

「わかった」

亀二は部屋に上がった。

「兄貴」

煙管《きせる》に刻《きざ》みを詰めている卯助に、亀二は声をかけた。

「もう、あんなことはしないで済むんだな」

亀二は小声できいた。

「そうだ。潮時だ。おしんのためにも」

そう言い、卯助は台所にいるおしんに目を向けた。

「なに、こそこそ話しているの？」

おしんが振り返った。

「本所の居抜きの店のことを話していたんだ」

卯助は言う。

おしんが応じたが、その声は亀二の耳に入らなかった。またも亀二は、百合の精の女のことを考えていた。

五

翌朝、剣一郎は編笠《あみがさ》をかぶって着流しで、牛込《うしごめ》にある御先手組の組屋敷に糸崎伊十郎を訪ねた。

幸いに糸崎は非番で屋敷にいて、会うことが出来た。

「南町奉行所与力の青柳剣一郎です。糸崎どのとは十年前、何度か顔を合わせているると思いますが」

剣一郎は客間で改めて挨拶をした。

「私もよく覚えております。当時から青柳どのの名声は高かったですからね」

糸崎伊十郎は三十六歳。彫像のような彫りの深い顔だった。沈着冷静で頭が切れそうだったが、どこか冷たい感じもした。

「恐れ入ります」

剣一郎は軽く頭を下げて、

「じつは勘定奉行藤森出羽守さまから、塩屋五兵衛どのと伊勢蔵殺しの探索を頼まれました」

「さようですか」

糸崎伊十郎は厳しい顔で言い、

「塩屋五兵衛どのが天馬の十蔵によく似た顔の男といっしょのところを見た翌日に、塩屋どのが殺されたので、なんとなくいやな感じがしたのです。そしたら、当時密偵として使っていた伊勢蔵が私に会いにきたのです」

「伊勢蔵が、ですか」

「ええ。塩屋どのが殺されたことを知ってやってきたのです。それで、十蔵に似た若い男の話をしたら、伊勢蔵も十蔵の情婦に子どもがいたことを覚えていて、父親の復讐かもしれないと厳しい顔をしていました。それから、六日後に伊勢蔵が殺されたんです」

「伊勢蔵も復讐から殺されたと？」

「そうだと思い、御先手組頭にそのことを話しましたら、藤森兼安さまに知らせたほうがいいだろうというので、私が御用人どのにお伝えしに行った次第です」

「伊勢蔵は頬骨が突き出て、顎が尖った三十ぐらいの男に殺されたようです。心当たりは？」

「いや」

糸崎伊十郎は首を横に振った。

「天馬の十蔵の隠れ家を見つけたのは伊勢蔵なんですね」

「そうです。たまたま両国広小路《りょうごくひろこうじ》で不審な男を見つけてあとをつけたら、天馬一味の者だったのです。伊勢蔵の知らせを受けた塩屋どのが火盗改めの与力、同心を集め、本所の隠れ家を急襲しました」

「十蔵を捕らえたのが塩屋どのですか」

「そうです。天馬一味を壊滅させたのは偏《ひとえ》に塩屋どのの働きが大きかったのです」

「どうして、十蔵の情婦は塩屋どのと伊勢蔵が一味を壊滅させたと知ったのでしょうか」

「じつは、あとでわかったことですが、一味の中で一番若い半吉《はんきち》という男を取り逃がしていたのです」

「どうしてわかったのですか」

「取り調べで、十蔵は子分は十五人だと言ったんです。ところが隠れ家で殺した者と捕らえた者の数は十四人でした。下っ端《ぱ》で、気にもとめていなかったので、見逃してしまったのです。捕縛《ほばく》した手下が白状したので、情婦のことも半吉のこともわかったのです」

「探したのですか」

「もちろん、探しました。しかし、見つかりませんでした。おそらく、半吉が十蔵の情婦と子どもを連れて逃げたのだと思います」

「そのようですね」

剣一郎は大きく頷き、

「すると、復讐者は十蔵の子どもと半吉が中心ということになりますね。仲間を増やしているかもしれませんが」

と呟き、首を傾げた。

「何か」

糸崎がきく。

「復讐が藤森さまに及ぶとお考えですか」

「わかりませんが、復讐だとしたら藤森さままで及ぶのではないでしょうか」

「そうですね」

剣一郎は藤森兼安を苦しめるために家族を狙うこともあり得ると思っているが、あえてそのことは口にしなかった。

「十蔵は取り調べのときに、情婦の子がおとなになったら仕返しをすると言い放ったそうですね」

「そうです。ひょっとしたらと思わせるような迫力がありました。ですから、十蔵の情婦を探したんです」

「なぜ、見つからなかったのでしょうか」

「江戸を離れたのかもしれません。子どもが大きくなって、半吉といっしょに江戸に出てきたのかもしれません」

「十蔵に似た男の人相は？」

「眉が濃く、鋭い目つきですが、何よりの特徴は鋭い鷲鼻《わしばな》です。天馬の十蔵も同じでした。私は天馬の十蔵が蘇《よみがえ》ったのかと思いました」

「その後、十蔵の情婦についてまったく手掛かりはないんですか」

「ありません。十蔵は江戸を離れたのでしょう」

「当時、伊勢蔵と同じく火盗改めの密偵として働いていた男はおりますか」

「ええ。何人かおりましたが、今は付き合いはありません」

「わかりました」

その後、いくつかのことを確かめて、剣一郎は糸崎伊十郎の屋敷を辞去した。

牛込から湯島《ゆしま》を抜けて、昌平橋を渡り、剣一郎は多町二丁目の伊勢蔵が住んでいた長屋にやってきた。

長屋木戸を入り、伊勢蔵の住んでいた家まで行く。戸を開けると、家の中はきれいに片づけられていた。

剣一郎は隣の家の戸を叩いた。

「ごめん」

「はーい」

女の声がした。

剣一郎は戸を開ける。

「青柳さまで」

女が出てきた。

「伊勢蔵のことでききたい」

「はい」

「伊勢蔵を訪ねてくる者はいなかったのだな」

「私は見たことはありません」

「伊勢蔵が鋳掛け屋の前に何をしていたのか聞いていないか」

「いえ、あのひとは口の重いひとでしたから」

「あまり、ひとと交わらなかったのか」

「いえ、会えば挨拶をしますし、けっしてとっつきにくいひとではなかったです」

「そうか」

「何度か、てんぷらの土産《みやげ》をもらいました」

「てんぷら？」

剣一郎はきき返した。

「なんでも、昔の知り合いがてんぷらの屋台を出していたそうです。それで、買ってたみたいです」

「長屋の皆に？」

「ええ、大家さんにも。そんなことが何度かありました」

「てんぷらの屋台の屋号はきいていないか」

剣一郎は期待せずに答える。

「聞いていません」

「屋台が出ている場所は？」

「知りません。大家さんなら聞いているかもしれません」

「そうだな。すまなかった」

剣一郎は大家の松太郎の家に行った。

木戸の横で、松太郎は荒物屋をやっていた。剣一郎は長屋路地に面した裏口から訪問した。すぐに松太郎が出てきた。

「これは青柳さま」

松太郎は頭を下げた。

「ちょっとききたい。伊勢蔵は長屋の者にてんぷらを土産に持ってきたことがあったそうだな」

「はい。三度ばかりありました」

「昔の知り合いがてんぷらの屋台を出しているとか」

「そうです。半年前に久しぶりに昔の知り合いに会ったと言ってました」

「土産を持ってきた最後はいつだ？」

「ひと月ほど前です」

「場所はわかるか」

「浅草《あさくさ》だと言っていましたが、具体的な場所はきいていません」

松太郎は済まなそうに言う。

「その知り合いが伊勢蔵を訪ねてきたことはないのか」

「ありません」

「そうか。わかった。邪魔をした」

「まだ下手人はわからないのでしょうか」

「残念だが、まだだ。だが、必ず捕まる」

剣一郎は自信を持って言った。

松太郎は大きく頷いた。


剣一郎は多町二丁目から八辻ヶ原を突っ切って筋違橋《すじかいばし》を渡り、御成《おなり》街道をまっすぐ進む。

上野山下《うえのやました》から新寺町《しんてらまち》に入った。左手には寺が、右手には仏具屋が並んでいる。浅草辺りで、屋台を出せる場所はいくつかあるが、剣一郎が見当をつけたのは新《しん》堀川《ぼりがわ》にかかる菊屋橋《きくやばし》の西詰だ。

橋の袂は広場になっていて、屋台や床見世《とこみせ》が多く出ている。

やがて新堀川にかかる菊屋橋にやって来た。橋詰の小広場に煮売り、煮魚や餅菓子などの屋台が並んでいる。その中にてんぷらの屋台があった。

剣一郎はてんぷらの屋台のそばに行った。串に刺したてんぷらが大皿に盛られている。横に天つゆが入った丼、さらに大根卸しが深皿に盛ってある。

客が三人いた。ひとりが大皿から穴子のてんぷらをとって、天つゆに浸《ひた》し、大根卸しを載せ、うまそうに食べている。

亭主は四十過ぎの小柄な男で、目尻の下がった顔は柔和《にゅうわ》そうだ。この男が伊勢蔵の昔の知り合いだろうか。

確かめたいが、客が引き上げるまで待とうと、剣一郎は菊屋橋の欄干《らんかん》のそばに行った。川の流れに目をやる。

木の葉が漂っていた。魚が跳《は》ねたのか、微《かす》かに水音がした。

「青柳さま」

剣一郎は声をかけられて顔を向けた。編笠をかぶっているのによく気がついたものだと思ったが、案の定太助《たすけ》だった。

太助が橋を渡ってきた。

「どうしてこのようなところに？」

太助はきいた。

「てんぷらだ」

「てんぷら？」

「太助はどうしてこっちに？」

剣一郎はきいた。

「田原町《たわらまち》に何軒かお得意さまがおります」

「猫の蚤《のみ》取りか」

「はい」

太助は猫の蚤取りを商売にしているが、それだけでなく、いなくなった猫を探すことも請《う》け負っている。猫探しには特別な才があるのか、必ず見つけ出しているらしい。

太助は子どものときに親を亡くしている。ひとりで生きてきたが、ときには母が恋しくなり、悲嘆にくれることもあった。そんなときに、剣一郎に励まされたことがあり、そのことを恩義に思っていた。ある縁から剣一郎の手先としても働いてくれるようになり、頻繁《ひんぱん》に八丁堀の屋敷にも顔を出している。妻の多恵《たえ》も明るい太助を気にいり、いつしか家族の一員のようになっていた。

「それより、てんぷらってなんですか」

太助が訝《いぶか》ってきく。

「そこの屋台だ」

剣一郎は屋台を見た。三人いた客がひとりになっていた。そのひとりも引き上げるところだった。

「太助。腹は空《す》かぬか」

「ええ、まあ」

「てんぷらを食うか」

「えっ、青柳さまもてんぷらを？」

「いや、わしはいい。そなただけ食べろ」

そう言い、剣一郎は屋台に向かった。太助もあわててついてきた。

「いらっしゃい」

かすれた声で、亭主が言う。

「客はひとりだ」

剣一郎は断ると、すかさず太助が、

「とっつあん」

と、声をかけ、

「さっそくいただくよ」

太助は大皿からハゼのてんぷらを皿にとった。てんぷらの種は白魚、鱚《きす》、海老《えび》、貝、蛸《たこ》などの魚介類が中心だった。

太助はハゼのてんぷらを天つゆに浸し、大根卸しを載せる。油で揚げるてんぷらは脂《あぶら》っこいので、大根卸しが欠かせないのだ。油は胡麻《ごま》油が使われている。

「毎日、ここで商売をしているのか」

剣一郎は亭主に声をかける。

「へい。てんぷらを揚げると煙が出ます。なにより火事の危険があるので、どうしても川の近くで」

亭主は答える。

「長いのか」

「ここに屋台を出して五年ほどです」

「五年か」

剣一郎は応じてから、

「つかぬことをきくが、伊勢蔵という男を知っているか」

「伊勢蔵ですか？」

「鋳掛け屋だ。三度ほど、長屋の連中にてんぷらを土産に持って帰ったことがあったそうだ」

「ええ、知っています。昔の知り合いでした」

亭主は答えて、

「伊勢蔵が何か」

と、窺《うかが》うようにきいた。

「伊勢蔵が死んだ」

「えっ？」

「殺されたのだ」

「………」

「そなたは伊勢蔵とどういう関わりがあるのだ？」

剣一郎は編笠を指で押し上げて顔を見せた。

「あっ、青柳さまで」

亭主はあわてて言う。

太助は黙って様子を窺っている。

「伊勢蔵は十年前まで火盗改めの密偵をしていたそうだが、そなたも？」

「さようで。あっしもいっしょに働いていました」

亭主はしんみりとなって、

「そうですか。伊勢蔵が……」

と、しばし言葉を失っていた。

「最後に伊勢蔵と会ったのはいつだ？」

「ひと月前です。桜が散りはじめた頃でした。そんときも、土産をたくさん買っていってくれたんです」

亭主は深い溜め息をついたあと、

「下手人は？」

と、きいた。

「わからない」

「そうですか」

「天馬の十蔵を知っているか」

「天馬の十蔵？　もちろんです。残虐非道な押込み一味でした。伊勢蔵の働きで、一味を壊滅させたんです。十蔵は獄門になりました。何か、十蔵に関わりがあるのですか」

「そなたも隠れ家の襲撃に加わったのか」

「一応、加わりました」

「十蔵の情婦について何か知っているか」

「情婦ですか。手下のひとりから深川《ふかがわ》の冬木町《ふゆきちょう》に住んでいると聞いて、そこに駆けつけましたがいませんでした。出鱈目《でたらめ》でした」

「冬木町に住んでいる形跡《けいせき》はなかったのか」

「ええ」

「子どもがいたそうだな」

「そのようですね」

新たな客がやってきた。

「いいかえ」

「へえ、いらっしゃい」

亭主は客を迎えた。

「また、何か思いだすことがあったらなんでもいい、教えてもらいたい」

剣一郎は頼んだ。

「へい」

「太助、ゆっくり食べろ。向こうで待っている」

剣一郎は財布を取り出して言う。

「お金ならあります」

「遠慮するな」

「あの、多恵さまにお土産を。この分はあっしが払います」

太助は亭主に土産を頼んだ。

「わかった」

剣一郎は苦笑しながら、多恵のうれしそうな顔が目に浮かんだ。

六

青空が広がり、初夏の爽《さわ》やかな風が吹いている。

亀二はきょうも藤森兼安の屋敷を見通せる場所にやってきていた。もう一度、あのときの女の顔を見たい。熱い思いで、昨日に続きここに来ていた。

門が開いた。女乗物が出てきた。藤森兼安の奥方の外出のようだ。陸尺《ろくしやく》の四人で駕籠《かご》を担《かつ》いでおり、そばに警護の侍と中間が付き添っていた。

亀二は目を凝《こ》らした。

目の前を乗物が過ぎて行く。扉が開いていた。ちらっと横顔が見えた。亀二の背中に戦慄《せんりつ》が走った。あのときの女のようだと思った。

亀二は乗物のあとをつけた。乗物は坂を下った。

昌平橋を渡り、乗物は明神下に向かう。少し離れて、亀二はついて行く。

駕籠は神田明神の参道に入った。鳥居の前で、女は乗物から下りた。顔はよく見えない。亀二は近づく。

供の者を残し、女中だけを連れて女は鳥居をくぐった。月の光を受けて神々しく見えただけなのか、もっと間近で顔を見てみたかった。

拝殿に向かう。亀二も鳥居をくぐった。女は拝殿に上がった。祈禱《きとう》を受けるのか。

亀二は拝殿の下で待った。水茶屋の縁台に三人の遊び人ふうの男が腰を下ろしていた。卑猥《ひわい》な声を投げかけているのか、茶汲み女が逃げるように男たちから遠ざかった。

四半刻（三十分）後、拝殿から女が出てきた。亀二は立ち尽くしていた。まごうかたなき、あの月影の中に立っていた女だ。

明るい陽光に照らされた姿は百合の花の精だ。女は鳥居のほうに行った。すると、水茶屋にいた三人の遊び人ふうの男が立ち上がって女のほうに向かった。

亀二は目を剝《む》いた。三人は女に声をかけた。女中が何か言った。だが、ひとりが女中を突き飛ばした。よろけて女中が倒れた。

鳥居の外にいる供の者は気づかない。三人が百合の精の女に迫った。亀二は夢中で駆けつけた。

「なにしているんだ」

亀二は大声で叫ぶ。

男たちが顔を向けた。

「なんだ、てめえは？」

「境内で狼藉《ろうぜき》を働くなんて罰《ばち》当たりだ」

亀二は夢中で言う。

いかつい顔をした男がにやつきながら近寄ってきた。

「引っ込んでな」

と言うや否や、男は拳《こぶし》を亀二の顔面に向けた。

亀二は相手の出方を予期していたので、手のひらを出して拳を受け止めた。手のひらに激痛が走ったが、亀二はもう一方の手も出して相手の拳を摑《つか》んだ。

「痛《いて》え。離しやがれ」

男が悲鳴を上げた。

「この野郎」

別の男が懐《ふところ》から匕首を出した。

亀二は拳を摑んでいた男を突き放し、匕首の男と向き合った。

そのとき、異変に気づいた供の侍が鳥居をくぐって駆けてきた。

「逃げろ」

もうひとりの男が叫ぶと、迫ってきた男も立ち止まった。三人は一斉に裏門のほうに向かって逃げだした。

「百合さま、ご無事で」

侍は女に声をかけた。

「大事ありません。この方に助けていただきました」

女は亀二に顔を向けた。眩《まばゆ》いばかりの後光を受けたように、亀二は目を開けていられなくなった。

「危ういところをありがとうございました」

「…………」

亀二は緊張から体が強張り、声も発せられなかった。

「お名前を教えてくださいませんか」

「名前なんて」

やっと声を出した。

「私は百合です」

「百合さま……」

その後、どういうやりとりがあったのかまったく覚えていない。夢か幻か。亀二は空中を浮遊しているようなあやふやな心持ちだった。

気がついたとき、女は鳥居を出て行くところだった。百合の姿が消えてから、亀二は我に返った。

やっぱり、百合の精だ。亀二は呟いた。

岩本町の裏長屋に帰り、亀二は部屋の中で魂を抜きとられたように茫然としていた。脳裏《のうり》に百合の顔が焼きついている。

もう一度、顔を見たらすっかり割り切れて、女の呪縛から解放されるだろうと思っていた。

だが、違った。声をかけてくれたのだ。

戸が開いたような気がしたが、亀二は百合への思いから抜け出せずにいた。

「亀二」

耳元で、雷鳴のような声がして、亀二ははっとした。

「あっ、兄貴」

部屋はすっかり暗くなっていた。

「またか」

卯助は呆れたように言い、行灯《あんどん》に灯を入れた。ほんのりと部屋が明るくなった。

「兄貴、聞いてくれ。あの女のひとと会った。言葉も交わした」

「なんだと」

「こういうわけだ」

亀二は経緯を話した。

「あの女は百合というそうだな」

亀二が女の名を口にする前に卯助が言った。

「どうしてそれを？」

「藤森兼安の屋敷に出入りをしている小間物屋に会うことが出来た。その男から聞いたんだ」

卯助は言ってから、

「亀二、あの百合って女、何者かわかるか」

「…………」

「あの女は藤森兼安の妾だそうだ」

「妾……」

「そうだ。娘のような年齢だが、妾だ。なんでも、藤森家に女中奉公に上がっていて手がついたらしい」

旗本は別宅が認められていないので、妾も本妻がいる屋敷で暮らしている。

卯助は哀《あわ》れむように、

「いくら恋い焦がれようが、相手は旗本の妾だ。おめえがどんなに思いを寄せようが、どうかなるものではない」

「そんなこと、はじめからわかっている」

亀二は強い口調で言う。

「なら、さっさと諦めるんだ。いつまでも引きずっていちゃいけねえ」

「わかっている。俺だって、出来ることならさっさと忘れたい。それが出来たらどんなに楽か……」

亀二はやりきれないように俯いた。

「まあ、時が解決してくれるだろう」

「いや、無理かもしれねえ」

「無理？　あの女を忘れられないっていうのか」

「………」

「おい、亀二。しっかりしろ。女なら他にたくさんいる」

卯助は叱《しか》るように言う。

「なあ、兄貴」

亀二は卯助を見つめる。

「なんでえ、そんな思い詰めた目をして」

「俺は下僕でもいい。あのひとの姿が見えるところで生きていきてえ」

「今、なんと言ったんだ？」

「あのひとのそばでお仕えできねえだろうか」

「おめえ、何言っているんだ。そんなこと出来るはずなかろう。そんなことを考えるなんて、おめえどうかしているぜ」

「わかっている。俺はどうかしちまったようだ。あのひとのことを考えると胸が痛くなって、食べ物も喉を通らねえんだ」

「亀二……」

卯助は顔色を変えた。

「俺はあのひとといっしょになりたいなんて考えているんじゃない。そんなの無理なことはわかっている。ただ、そばにいて、あのひとを守ってやりたいんだ」

「………」

「兄貴、藤森兼安の屋敷に奉公出来ないだろうか。下男でもいい。下男なら遠くからでも、あのひとの姿を見ることが出来る」

「俺といっしょに店をやり、いずれおめえが嫁さんをもらったら、別に店を持つ。その夢はどうするんだ？」

「兄貴、すまねえ。今の俺には無理だ」

「何言うんだ。そのためにふたりで働いてきたんじゃないか。そして、もう金が貯まった。夜働きからは足を洗い、いよいよ店を持つってとこまできたんだ。おめえは、それをうっちゃってまで、あの女のところに行きたいのか」

卯助は呻《うめ》くように言う。

「自分でもわからないんだ。あのひとの姿を見たときから、俺の魂は奪われてしまった。ただひたすらあのひとのそばにいたい、あのひとを守って行きたいんだ」

「そんなんで仕合わせなのか。自分にとって何かいいことがあるのか」

「あのひとの顔を見られるだけで仕合わせだ」

「信じられねえ」

卯助はぽつりと言い、

「どうしてこんなことになっちまったんだ」

と、嘆いた。

「………」

亀二は返す言葉がなかった。

「おめえが不幸になるのをみすみす黙ってみているわけにはいかねえ。俺だって、おめえが嫁さんをもらって仕合わせに暮らすまで面倒を……」

卯助は声を詰まらせた。

「おっかさんが亡くなるとき、亀二を頼むって言い残したんだ。おめえはのんびりしていて、ひとがよい。俺は要領がいいが、おめえは馬鹿正直だ。他人に騙《だま》されるかもしれないと心配していた」

「兄貴には感謝している。兄貴がいなければ、俺はここまでやってこられなかった」

亀二は涙声で続ける。

「俺はずっと兄貴の言うとおりに生きてきた。それで間違いはなかったと思っている。でも、今度のことは俺がはじめて自分で決めた。兄貴、勘弁してくれ」

「好きな女に指一本も触れられない。遠くから姿を見るだけ。そんな生き方が……」

「俺はそれでいいんだ」

「ばかな」

「俺が選んだ道だ。兄貴、俺の我《わ》が儘《まま》を許してくれ。藤森兼安の屋敷に奉公する」

「…………」

卯助は俯いたまま押し黙った。

亀二も口を閉じた。

沈黙が流れた。

百合という女が藤森兼安の妾だろうが、そんなことはどうでもいい。身分の違いはわかっている。ただ、遠くから姿を拝み、今日の昼間のように百合に危険が及んだら助けに行く。それでいいのだ。それ以上は望みはしない。

卯助が顔を上げた。

「亀二」

「俺は反対だ。だが、おめえの決意は固いようだ。おめえのために俺も一肌脱がなきゃなるめえ」

「兄貴」

「藤森家に出入りをしている小間物屋に聞いてみる。藤森家で新たな奉公人を雇う予定があるかどうか」

「ほんとうか」

「ああ。口入れ屋を通したほうがいいとなったら、藤森家に奉公人を送っている口入れ屋を教えてもらう」

「兄貴、ありがてえ」

「亀二。さっきも言ったが、俺は反対なんだ。おめえにそんな生き方をさせたくねえ。だってみじめじゃねえか」

卯助はふっと溜め息をつき、

「だが、おめえがそこまで思い詰めているなら、おめえの思いどおりにすればいい」

「すまねえ」

亀二は額《ひたい》を畳につけた。

「ただし、辛《つら》くなったら、いつでもいいから俺のところに帰ってくるんだ。いいな」

「わかった」

亀二は大きく頷いた。

あのひとにまた会えるかもしれないと思うと、亀二は胸がときめいた。

「そうだ。あの木箱の贈り主だが」

思いだしたように、卯助が口にした。

「付け届けのか」

亀二はきいた。

「そうだ。あれは材木商の『飛騨屋《ひだや》』が贈ったものだ。木箱に刻印がある」

「材木商か」

「近々、ご公儀で大がかりな普請《ふしん》があるのかもしれねえな。『飛騨屋』は自分のところの材木を扱ってもらおうと働きかけているのだろう」

「兄貴」

亀二は顔色を変えた。

「やばくねえか」

「何がだ？」

「だって、藤森兼安や『飛騨屋』にとっては隠しておきたいことじゃないか。それを盗まれたんだ。必死になって探そうとするぜ」

「そうだろうが、俺たちのことは誰にも知られちゃいないんだ」

「兄貴、藤森兼安は火盗改めの頭だったそうじゃねえか。探索には長《た》けているかもしれねえ。十分に注意をしたほうがいい」

「そうだな」

卯助も真顔になった。

「どんな些細《ささい》なことから足がつくかしれねえ。店を持つのも、ほとぼりが冷めるまで待ったほうがいい」

「うむ」

卯助は顔をしかめた。

「おしんさんか」

「ああ、おしんはその気になっている」

「なんとかおしんさんをなだめたほうがいい。小間物の行商をやって僅かな期間で店を持てるまで稼いだってのは不自然だ。そこに目をつけられたら……」

「俺としたことが迂闊《うかつ》だった。確かに、まだ店を持つのは早すぎる」

卯助は立ち上がった。

「これからおしんを説き伏せてくる」

「俺も行く」

卯助は苦笑して、

「あの女の近くに行けるとなったら、とたんに元気になりやがった。現金なものだ」

「そういえば、胸の痛みもやわらいできた」

亀二は自分でも不思議だった。

第二章　復讐

一

朝、剣一郎が継上下《つぎがみしも》姿で供を連れて屋敷を出たとき、門の前で待っている男がいた。

「青柳さま」

男は頭を下げた。

「そなたはてんぷら屋の？」

「へえ、益次《ますじ》と申します。一昨日はどうも。じつは、十蔵の情婦のことで思いだしたことがあるんです」

「聞こう」

「小塚原《こづかっぱら》で十蔵の首が獄門《ごくもん》台に晒《さら》されたとき、竹矢来《たけやらい》の前で涙を拭《ぬぐ》っていた三十ぐらいの女がいたんです。隣にいた二十歳過ぎの背の高い男も十蔵の首に見入っていました。半吉と情婦かもしれないと思いました。それで、あとをつけたんですが、ふたりは山谷堀《さんやぼり》から猪牙舟《ちょきぶね》に乗りました。陸《おか》を走って舟を追ったんですが、両国橋までが精一杯で」

　益次は息継ぎをし、

「舟は深川に向かいました。それで、山谷《さんや》の船宿に行き、舟が戻ってくるのを待って、船頭にふたりをどこで下ろしたかききました。そしたら、仙台堀《せんだいぼり》の亀久橋《かめひさばし》の近くで下ろしたということでした。でも、その辺りを調べましたが、ふたりを見つけ出すことは出来ませんでした」

「そのふたりが半吉と情婦だという確たる証《あかし》はあったのか」

「それが、ありません。誰もふたりの顔を知らなかったのです。捕《つか》まえた手下を拷問してふたりの特徴を聞き出しただけでした。ですから、ほんとうにそのふたりが半吉と情婦だったかは自信がありません」

「深川一帯の探索には火盗改めの塩屋どのや糸崎どのも加わったのだな」

「はい。十蔵の言葉が気になっていたので、与力や同心も懸命に探索しました。裏長屋や一軒家、間借りしていないか。でも、見つかりませんでした。もしかしたら舟で亀久橋の近くで下りて、そこから本所のほうに向かったのかもしれません」

「そうか。伊勢蔵を殺した男は頰骨《ほおぼね》が突き出て、顎が尖った男だ。その男が半吉という可能性はあるか」

「半吉の特徴に似ています。半吉かもしれません」

「密偵をしていた伊勢蔵が狙われた。そなたは大丈夫か」

「あっしは天馬一味の壊滅にはそれほど関わっていませんから、恨《うら》みを買っているとは思えません」

「いちおうは用心をしたほうがいい」

「へい」

「ごくろうだった。また、何かあったら知らせてくれ」

「わかりました。では、失礼します」

益次は去っていった。

剣一郎は奉行所に出仕し、すぐに宇野清左衛門のところに行った。

「宇野さま、よろしいでしょうか」

「青柳どのか」

清左衛門は振り返り、

「向こうに」

と言い、机の上の書類を片づけて立ち上がった。

隣の小部屋に行き、差し向かいになった。

「やはり、藤森さまの危惧《きぐ》どおり、天馬の十蔵の情婦が関わっている可能性が高まりました」

藤森兼安に呼ばれた理由はすでに清左衛門に話してあった。

「なぜ、十年経《た》ってからの復讐なのか。十蔵と情婦の子がおとなになったからという理由しか思い浮かびませんが、少なくとも塩屋五兵衛どのを殺したのは十蔵と情婦の子、伊勢蔵を殺したのは十蔵の一番若い手下だった半吉という男の可能性があります」

「ふたりだけで復讐をしているのか」

「塩屋五兵衛どのと伊勢蔵だけはふたりで行えましたが、藤森さまを狙うとなると、そうはいかないでしょう。常に護衛がついているはずですから」

「すると仲間がいるというわけだな」

「おそらく、おりましょう」

剣一郎は言い切った。

藤森兼安を狙うには屋敷に侵入して寝込みを襲うか、登下城の道中か。いずれにしろ、警護の者との闘いは避けられない。ふたりでは無理だ。

「私が懸念しているのは十蔵の子の狙いです。父親の復讐というだけでは何かしっくりこないのです」

「と言うと？」

「復讐の名を借りての新しい天馬一味の旗揚げではないかという不安が……。つまり、十蔵の子は天馬一味を復活させようとしているのではないか。二代目天馬の十蔵を名乗るために火盗改めの頭《かしら》だった藤森兼安を斃《たお》す。それによって、手下になろうとする輩《やから》が集まってくる……」

「藤森兼安を斃したあとに新しい天馬一味が誕生するということか」

「私の考え過ぎならいいのですが」

「もし、そうだとしたら由々《ゆゆ》しきこと」

「はい。なんとか阻止しなければなりません」

「京之進のほうの探索はどうなっているのか」

清左衛門は微《かす》かに焦《あせ》りを見せていた。

清左衛門と別れ、剣一郎は与力部屋に戻った。

見習い与力に植村京之進がいたら呼ぶように頼んだ。

見習い与力と入れ代わって、礒島源太郎と大信田新吾が剣一郎のもとにやってきた。

「これから見廻りに出かけてきます」

源太郎が挨拶《あいさつ》をした。

「ごくろう」

「青柳さま。新吾が」

源太郎は新吾を促《うなが》した。

「何か」

「はい。見間違いかもしれないのですが、昨日、浜町堀《はまちょうぼり》で頬骨が突き出て、顎が尖った男を見かけたのです。ただ、例の男かどうかはっきりしません。遠目だったので。男が大川のほうに向かったので、念のためにあとを追いました」

新吾は息継ぎをして、

「男は新大橋《しんおおはし》を渡って行きました。でも、結局、追いきれませんでした」

「新大橋を渡ったか」

十年前、半吉と十蔵の情婦は小塚原からの帰り、山谷堀から乗った舟を仙台堀にかかる亀久橋の近くで下りている。

新吾が見た男が半吉だとしたら、今もその付近に住んでいるのだろうか。しかし、益次の話では、当時火盗改めがその周辺を徹底的に探索したはずだ。

「すみません、お役に立てず」

新吾は小さくなって言う。

「いや、よく知らせてくれた。有意義だ」

剣一郎は讃《たた》えた。

「ほんとうですか」

新吾はうれしそうに顔を綻《ほころ》ばせた。

「では、行って参ります」

新吾は元気よく立ち上がった。

ふたりが下がるのを待って、京之進がやってきた。

「青柳さま、お呼びで」

「他でもない。伊勢蔵殺しの探索はいかがか」

「申し訳ありません。あまり進展がありませぬ。半吉の行方を追っていますが、まだわかりません。ただ、駿河台の藤森兼安さまの屋敷の周辺で何度か目撃されていました。やはり、藤森さまの屋敷を見張っているのかと」

頬骨が突き出て、顎の尖った男は天馬の十蔵の手下だった半吉かもしれないという話は京之進にもしてある。

「そうか。駿河台に出没しているか」

「はい、それと辻番所の番人が煙草《たばこ》売りの男と小間物屋の男をたびたび見かけたと言ってました」

「何、煙草売りと小間物屋？」

「ここ数日、毎日のように姿を見たそうです。半吉の仲間かもしれません」

「気になるな。顔を見ているのか」

「煙草売りは二十二、三歳で、大柄でおとなしそうな顔で、小間物屋は細身で、二十四、五歳のようだと。目下《もっか》、このふたりについても探索を続けています」

「そうか。じつは、大信田新吾が見廻りで、半吉らしき男を見かけたそうだ。新大橋を渡って行ったという」

「深川に隠れ家があるのでしょうか」

「伊勢蔵と同じく、火盗改めの密偵をしていた益次が十年前、半吉と情婦らしきふたりを偶然に見かけてあとをつけた」

益次の話をして、

「亀久橋周辺を隈なく探したが、ふたりを見つけ出せなかったそうだ。だが、半吉らしき男が新大橋を渡ったことが気になる。たまたまかもしれぬが、念のために、その方面を当たってみるつもりだ」

「わかりました。私も注意を向けてみます。では」

「うむ」

京之進が下がったあと、剣一郎も立ち上がった。

奉行所を出て、数寄屋橋御門を抜けたところで、太助が近寄ってきた。

「青柳さま。お供いたします」

「仕事のほうはだいじょうぶなのか」

「ええ、なんとかなります」

剣一郎と太助は永代橋《えいたいばし》を渡り、仙台堀に出て、堀沿いの道を亀久橋まで行った。

「十年前、半吉と女はここで下りたようだ」

剣一郎は益次の話をし、

「新吾が見かけた半吉らしき男も新大橋を渡ったという。こっちに住んでいる可能性がある。十年前、火盗改めが探索して見つからなかったのは盲点があったとも考えられる」

「この先は木場《きば》ですね」

前方に材木置き場が見える。

「材木問屋か」

剣一郎はふと半吉が材木問屋に奉公したのではないかと思った。奉公人になって隠れることもできたかもしれないからだ。十年前、火盗改めは材木問屋の奉公人まで調べたのだろうか。

益次に確かめてみなければならない。そう思いながら、三十三間堂《さんじゅうさんげんどう》の前を通り、入船町《いりふねちょう》にやってきた。

材木問屋が集まっている。さらに奥に行くと、材木置き場の陰から材木問屋の『飛騨屋』を見ている男がいるのに気づいた。

小間物屋のようだ。二十四、五歳の細身の男。京之進の言葉が蘇《よみがえ》った。

「青柳さま、どうかなさいましたか」

太助が不審そうにきいた。

「あの男。材木置き場の陰だ」

「あの『飛騨屋』という材木問屋の様子を窺《うかが》っているみたいですね」

「うむ」

小間物屋の男が何かに気づいたように顔をこっちに向けた。が、すぐにその場から逃げるように離れ、材木置き場の向こう側にまわった。

剣一郎は不審に思い、男を追った。材木置き場から回り込んだとき、すでに男の姿はかなたにあった。

「すばしっこい男だ」

剣一郎は呆《あき》れた。

「でも、ずいぶんあわてていたようですね」

「うむ。様子を窺っていたことが後ろめたかったのか、それともわしらを誰かと勘違いでもしたか。編笠《あみがさ》をかぶっているから、わしと気づいたわけではない」

「それにしても、なぜ『飛騨屋』の様子を窺っていたのでしょうか」

「『飛騨屋』か……」

そのとき、勘定奉行藤森兼安の屋敷の土蔵から付け届けの品が盗まれた事件を思いだした。

藤森兼安は贈り主を言わなかったが、材木問屋なら勘定奉行に付け届けをすることは考えられる。

「青柳さま。『飛騨屋』から主人らしい男が出てきました」

太助の声に、剣一郎は『飛騨屋』に目をやった。

間口の広い店先に、羽織姿の男が立っていた。三十半ばの引き締まった顔だちの男だ。真一文字に閉じた口元は微かに微笑《ほほえ》んでいるようにも見える。

すぐに、駕籠《かご》がやってきた。近くで待機していたようだ。

主人らしい男は駕籠に乗り込んだ。半纏《はんてん》を着た番頭らしい男と手代ふうの男が駕籠を見送った。

駕籠が出立してから、剣一郎と太助は『飛騨屋』の前に行った。

「ちと訊《たず》ねたい」

剣一郎は番頭に声をかけた。

「はい、なんでしょうか」

小肥りの番頭は細い目を向けた。

「ひとを探している」

「……………」

「この界隈《かいわい》で、頬骨が突き出て、顎が尖った三十歳ぐらいの男を見かけたことはないか」

「頬骨が突き出て……」

番頭は首を傾《かし》げ、

「さあ、そのような顔だちの男は木場でも何人か見かけますが、三十歳ぐらいの男ではいません。皆四十を過ぎています」

「半吉という名だ」

「わかりません」

「そうか。さっき、駕籠で出かけたのは主人か」

「失礼ですが、どちらさまで？」

番頭は警戒ぎみにきいた。

「わしは南町の青柳剣一郎だ」

そう言い、剣一郎は編笠を上に上げた。

「青柳さまで」

番頭はあわてて、

「失礼いたしました。はい、駕籠で出かけたのは主人の金右衛門《きんえもん》です」

と、口にした。

「まだ、若いようだが」

「はい。二年前に先代が亡くなり、跡を継ぎました」

「なかなか遣《や》り手のような雰囲気だ」

「はい。先代のときとはだいぶ違います」

「そうか。つかぬことをきくが、勘定奉行藤森兼安さまとはお付き合いはあるのか」

剣一郎はついでに確かめた。

「ご挨拶に上がっている程度です」

「そうか」

「最前の頬骨が突き出て、顎の尖った三十歳ぐらいの男というのは何者なのでしょうか」

番頭が探るような目できいた。

「いや、確かめたいことがあるだけだ」

剣一郎は番頭の表情を窺う。

「そうですか。もし、そのような男を見かけたらお知らせにあがります」

「頼む」

剣一郎は『飛騨屋』の前を離れ、堀のほうに向かった。堀には筏《いかだ》に組んだ丸太がたくさん浮かんでいて、川並鳶《かわなみとび》が筏を操っていた。

他の材木問屋の奉公人や筏から陸に上がった川並鳶にもきいてみたが、頬骨が突き出て、顎の尖った三十歳ぐらいの男については明確な反応はなかった。

二

夕暮れてきた。剣一郎と太助は深川から竪川《たてかわ》を渡って本所に入り、大川沿いを北に向かい、吾妻橋《あずまばし》を渡った。

田原町を経《へ》て、東本願寺《ひがしほんがんじ》前を過ぎ、新堀川にかかる菊屋橋までやって来た。

橋を渡った先の小広場にいくつかの床見世《とこみせ》が並んでいて、いつもの場所にてんぷらの屋台が出ていた。

剣一郎は客が途切れるのを待って、屋台に顔を出した。

「青柳さま」

益次は会釈《えしやく》をした。

「今朝方はごくろうだった。ひとつ確かめたいことがあってやって来た」

「なんでしょう」

「半吉と情婦の探索で亀久橋周辺の裏長屋や一軒家などを調べたということであったな」

「へえ、さようで」

「あの先は木場だ。材木問屋に奉公人として潜《もぐ》り込んでいる可能性は考えたのか」

「考えました」

「では、材木問屋も調べたのか」

「はい。調べましたが、いませんでした」

「そうか。見つからなかったか」

「何かございましたか」

「伊勢蔵殺しに関わっていると思われる頬骨の突き出た男が、深川方面に向かったのだ。その男は半吉と思われるが、十年前から半吉は木場辺りに潜《ひそ》んでいたのではないかと思ったのだ」

「あの付近は徹底的に洗いました」

「うむ。材木問屋まで調べたのなら、そなたの言うように亀久橋近くで舟を下りたふたりは、木場ではなくそのまま本所のほうに向かったのかもしれない」

剣一郎は呟《つぶや》くように言ってから、

「ところで、『飛騨屋』という材木問屋を知っているか」

「ええ、あっしと糸崎さまとで調べました」

「そうか、そなたが調べたのか」

「へえ」

「あそこの主人は金右衛門といい、三十半ばの男だ」

「ええ、覚えています。二十代半ばの若旦那がいました。そうですか、あの若旦那が今は主人ですか」

益次は苦笑した。

「何か」

「なかなかしぶとい男で、糸崎さまも手を焼いておりました」

「手を焼く?」

「なんだかんだと理由をつけて、若旦那は奉公人のことを調べさせてくれなかったんです。糸崎さまが説《と》き伏《ふ》せて、ようやく奉公人を調べることが出来ましたが……」

「なぜ、素直に調べさせなかったのだ？」

「あとで糸崎さまが言うには、あの若旦那は奉公人の手前、粋《いき》がっていただけだと」

「粋がる？」

「川並の中には脛《すね》に傷を持つ者がいるので、いちおう庇《かば》うという姿勢を見せていただけだと言ってました」

「いずれにしろ、半吉らしき男の痕跡《こんせき》もなかったのだな」

「ええ」

「やはり、深川ではなかったか」

「そうですね」

そう答えた益次がふと眉根《まゆね》を寄せた。

「どうした？」

「いえ」

益次は曖昧《あいまい》な返事をした。

仕事帰りの職人ふうの男がふたり、屋台に入ってきた。

「何か思い出したことがあったら、また知らせてくれ」

剣一郎は益次に声をかけて屋台を出た。

「益次は変な顔をしていましたね」

太助が口にした。

「うむ。何か思い出したのかもしれぬな」

剣一郎は気になったが、客がいては問い質《ただ》すことは憚《はばか》られる。迷ったが、そのまま引き上げることにした。

その夜、剣一郎は太助といっしょに八丁堀の屋敷に帰った。

多恵は喜んで太助を迎えた。

「この前はてんぷらをごちそうさま。太助さんのお土産《みやげ》だと思うと、よけいにおいしかったわ」

多恵が太助に礼を言う。

「いえ」

太助は照れながら、

「また、買ってきます」

と、応じた。

剣一郎は太助と共に夕餉《ゆうげ》をとり、庭に面した部屋に移った。

庭の藤《ふじ》が盛りで、躑躅《つつじ》も咲いている。

魅入られたように、濡縁《ぬれえん》で太助が花を見ていた。

「どうした、太助。誰かを想っているのか」

剣一郎は声をかけた。

「いえ、なんでもありません」

太助はあわてて言う。

「ただ、藤の花を見つめていたら、なんだか夢を見ているような……」

「夢だと？」

「はい。藤の花が若い女に見えて……」

太助はぽつりと言う。

「花の精に魂《たましい》を抜かれたか」

剣一郎は笑った。

多恵が入ってきた。

「京之進どのがお見えです」

「ここに通してくれ」

「はい」

やがて、京之進がやってきた。

「夜分に申し訳ありません」

「何かあったのか」

「はい。伊勢蔵と親しい男が見つかりました。深川の北森下町《きたもりしたちょう》に住む登喜助《ときすけ》という元鋳掛《いか》け屋の年寄です。伊勢蔵とは賭場《とば》で知り合ったとか。登喜助は密偵をやめた伊勢蔵に鋳掛け屋として生きていくように勧めたということです」

京之進はさらに続ける。

「その登喜助が言うにはふた月ほど前、商売の途中で伊勢蔵が登喜助の家を訪ねたそうです。久しぶりの再会を果たし、伊勢蔵が引き上げるのを、登喜助は通りまで見送った。そのとき、弥勒寺《みろくじ》のほうから歩いてきた男を見て、伊勢蔵が不審そうな顔をしたと。それから、その男のあとをつけて行ったそうです」

「…………」

「その男は頰骨の突き出て、顎が尖った男だったといいます。つまり、伊勢蔵は半吉らしき男を見たのではないでしょうか」

「わしも登喜助から話をきいてみたい。住まいは？」

「北森下町の善兵衛店《ぜんべえだな》です」

「わかった。もし、半吉らしい男を伊勢蔵が見かけたのなら、当初考えていた筋書きと少し違ってくる」

剣一郎は考えながら、

「当初、わしらはこう思った。天馬の十蔵の伜《せがれ》が二十歳を過ぎ、当時の火盗改めに復讐を考え、天馬一味の壊滅に功《こう》があった塩屋五兵衛どのと伊勢蔵を殺し、さらに藤森兼安さままで狙っていると」

「はい」

「しかし、伊勢蔵が先に半吉を見つけたとなると、ちと事情が違ってくるのではないか」

剣一郎は首をひねり、

「おそらく、伊勢蔵は半吉のあとをつけ、行き先を見届けたか見失ったかはともかく、このことを塩屋五兵衛どのに伝えに行ったのではないか」

「しかし、塩屋五兵衛どのは半吉のことを聞いたとしても、どうする術《すべ》もないのではありませんか。火盗改めではありませんし」

京之進が疑問を口にした。

「確かにそのとおりだ。塩屋五兵衛どのはもはや関わりないことだ。それは伊勢蔵にしても同じだ。ふたりが半吉を探す理由はない」

「でも、十蔵の伜が復讐するかもしれないと火盗改めは思っていたのですよね。だから、半吉を見つければ、その警戒から半吉を探そうとするのでは」

太助が口をはさんだ。

「太助が言うのももっともだ。だが、塩屋五兵衛どのも伊勢蔵も自分の住まいの近くで殺されていた。復讐なのは間違いないだろうが……」

剣一郎は何か引っ掛かるが、その正体はわからなかった。

京之進が引き上げたあと、

「やはり、半吉は深川に住んでいるんじゃないですか」

と、太助が言った。

「本所のほうから歩いてきたと言っていた。住まいは本所で、深川の誰かを訪ねるところだったとも考えられる」

「伊勢蔵がどこまであとをつけたのか気になりますね」

「誰にも話していないことが残念だ」

剣一郎は吐息をついた。


翌朝、剣一郎は太助とともに北森下町の善兵衛店にやってきた。

太助が登喜助の住まいの戸を開けて、声をかけた。

「ごめんくださいな」

「誰でえ」

部屋の奥の壁に向き合っていた男が振り向いた。五十過ぎの鬢《びん》が薄くなった男だ。

「南町の青柳さまで」

太助が土間に入って答える。

「なに、青柳さまだって」

男は這《は》うように上がり框《かまち》まで出てきた。

剣一郎は編笠をとって土間に入った。

「青柳さまで」

「登喜助か」

剣一郎は確かめる。

「へえ。登喜助です」

「同心の植村京之進に話をしてくれたそうだが、わしからも確かめたい」

「へえ。伊勢蔵のことですね」

「うむ。伊勢蔵とは古い付き合いのようだな」

「十数年でしょうか。賭場で知り合ったんです」

「伊勢蔵が火盗改めの密偵をしていたことを知っているか」

「ええ、あるとき、そんな話を聞きました」

「どうして、伊勢蔵はそんな話をしたのだ？」

「あの当時、あっしが本所、深川を中心に商売をしていたからです。頬骨の突き出た二十歳過ぎの男を見たことはないかときかれたんです。天馬の十蔵の手下だと言ってました。そんとき、火盗改めの密偵ではないかと気付いて……」

「なるほど」

「で、ふた月ほど前、伊勢蔵はここにやって来たそうだな」

「へえ。じつはその日が女房の祥月命日《しょうつきめいにち》でして。毎年、伊勢蔵は手を合わせに来てくれます」

剣一郎は壁際に目をやった。小机があり、その上に位牌《いはい》が置かれていた。さっき登喜助はこの位牌に手を合わせていたのだ。

「かみさんはいつ亡くなったのだ？」

「三年前です。心ノ臓が悪かったんです」

登喜助は目をしょぼつかせた。

「伊勢蔵はかみさんを知っていたのか」

「ええ。あっしが鋳掛けの手解《てほど》きをしていたころは、よくここに来ていました」

「そうか。で、ふた月前に来たときの様子はどうであった？」

「いえ、特に変わったことはありませんでした」

「何かに怯《おび》えているような感じは？」

「いえ、まったくふつうでした」

「天馬の十蔵の伜に狙われているようなことは話していなかったのか」

「えっ、伊勢蔵は天馬の十蔵の伜に殺されたんですかえ」

登喜助は目を剝《む》いた。

「いや、まだ下手人はわからない」

「でも、ふた月前に弥勒寺のほうからやってきた頬骨の突き出た男は、十年前に伊勢蔵が探していた天馬の十蔵の手下じゃないんですかえ」

「伊勢蔵がそう言ったのか」

「いえ。その男を見て、伊勢蔵が顔色を変えたので、そうじゃないかと」

「伊勢蔵はその男のあとをつけたそうだな」

「ええ、つけて行きました」

「行き先を見届けたかどうか、わからないか」

「わかりません」

「その後は、伊勢蔵は現われなかったのか」

「現われませんでした」

「益次という男は知っているか」

「益次ですか。いえ」

登喜助は首を横に振って、

「誰ですかえ、益次って」

と、きいた。

「同じ密偵だった男だ」

「そうですか。そのような男の話は聞いていません」

「わかった。邪魔をした」

剣一郎は登喜助の住まいを出た。

十年前、やはり伊勢蔵も半吉と情婦が潜んでいるのは深川方面だと思っていたようだ。


昼八つ半（午後三時）ごろ、剣一郎は駿河台の藤森兼安の屋敷を訪ねた。

藤森兼安は下城していた。

「その後、何か変わったことはございましたか」

「いや、何もない。外出時には警護の者を増やしているので、手出しが出来ないのであろう」

藤森は答えたあとで、

「何かわかったか」

と、きいた。

「天馬の十蔵の手下で唯一取り逃がした半吉らしき男が、このお屋敷の周辺に出没しています。この屋敷に忍び込んで襲うつもりかもしれません。十分にご用心を」

「うむ」

「念のためにお伺《うかが》いしますが、新たな奉公人はお雇いになりましたか」

奉公人になりすまして忍びこむことも考えられたからだ。

「いや、雇っていない」

「下働きの者も？」

「下働き？」

藤森は眉を微かに動かした。

「何か」

「たまたま下働きの男がやめたので、確か新しい男を雇ったはずだ」

「どのような男でしょうか」

「用人の高坂喜平にきいてみてくれ」

「わかりました。あとで、高坂さまにお訊ねいたします」

剣一郎は言ってから、

「お伺いしたいのですが、先日、盗まれた付け届けの品の贈り主はひょっとして材木問屋の『飛騨屋』ではありませんか」

「そうだ。『飛驒屋』だ」

「やはり」

「どうしてわかったのだ？」

「『飛驒屋』の主人の話を聞いたのです。なかなかの遣り手だそうで」

材木置き場の陰から材木問屋の『飛驒屋』を見ている男がいたことは口にしなかった。

「なかなか、積極的な男だ。あの品物も強引に置いていったようだ」

「そうですか」

「では、高坂喜平を呼ぼう」

藤森は手を叩いた。

障子の向こうに人影が射した。

「喜平をこれへ」

「はっ」

返事がして、外の者は去って行った。

しばらくして、高坂喜平がやってきた。

「失礼いたします」

高坂は部屋に入った。

「青柳どのがききたいことがあるそうだ」

藤森が高坂に声をかけた。

「なんでございましょうか」

高坂が剣一郎に顔を向けた。

「新しく下働きの男を雇ったそうですが」

「亀二という二十二歳の男でござる」

「どういう縁で?」

「当家に出入りをしている小間物屋の世話でです」

「小間物屋?」

剣一郎はとっさに材木置き場の陰から『飛驒屋』の様子を窺っていた男を思いだした。小間物屋のようだった。

「なんという男ですか」

「『白扇堂《はくせんどう》』の番頭の佐七《さしち》ですが」

「『白扇堂』はどこにあるのでしょうか」

「本町《ほんちょう》三丁目です。その佐七から武家奉公をしたいという若者がいるが、お屋敷で雇うことは出来ないかと頼まれました。ちょうど、下働きの男がひとりやめたので、下働きでいいならと雇うことになりました」

「では、身許《みもと》のほうは？」

「心配ありません。『白扇堂』の主人が請け人になっています」

「そうですか。十蔵の伜が奉公人に化けていないともいえません。念のために、私も調べてみます」

剣一郎は言い、

「帰りがけ、その男を遠くからでも一目見ておきたいのですが」

「いいでしょう」

高坂は応じた。

「それでは、くれぐれも警戒の手を緩《ゆる》めないようにお願いいたします」

剣一郎はふたりに念を押した。

玄関で草履《ぞうり》取りの役目をした太助から草履を出してもらい、剣一郎は高坂と共に庭のほうにまわった。

物置小屋の近くで薪《まき》割りをしている男がいた。大柄で、穏やかな顔をした男だ。斧《おの》を軽々振って薪を割っていた。

「あの男が亀二です」

「働きぶりは?」

「真面目によくやっています。十蔵の倅とはとうてい思えぬ」

「そうですね。わかりました」

剣一郎はその場から引き返した。

藤森兼安の屋敷をあとにして、剣一郎は本町三丁目に向かった。

三

本町三丁目の賑やかな通りに『白扇堂』の屋根看板が見えた。

店の間口は広いが、土間は狭く、すぐ店座敷になっていた。壁際に、櫛《くし》、笄《こうがい》、簪《かんざし》から白粉《おしろい》、鬢付け油などが並んでいた。

剣一郎が土間に入ると、番頭らしき男が近づいてきた。

「いらっしゃいまし」

と言ったあとで、番頭はあっと声を上げた。

「青柳さまで……」

「うむ。そなたは番頭の佐七か」

「はい。佐七にございます」

佐七は不安そうな顔をした。

「藤森兼安さまのお屋敷に世話をした亀二という男のことできききたいのだが」

「亀二が何か」

「いや、そうではない。先ほど、藤森さまのお屋敷に行ったら、新しく下働きの男が入ったというので、念のためにききにきただけだ」

剣一郎は安心させるように言い、

「亀二とはどういう縁だ？」

と、きいた。

「はい。七年ほど、うちから小間物を仕入れて行商をしている卯助という男がおります。亀二は卯助の弟です」

佐七は続ける。

「亀二は煙草売りをしていたのですが、口下手なので、どこかのお屋敷に下働きでもいいから奉公したいと言い出したそうなんです。それで、私が藤森さまのお屋敷に出入りをしているのを知って、なんとか藤森さまのお屋敷で奉公出来ないかきいてみてくれと言われました」

剣一郎は以前、藤森兼安の屋敷を引き上げたときのことを思いだした。潜《くぐ》り戸を出たとき、向かいの屋敷の角に煙草売りの男が立っていたのだ。

「兄は小間物の行商か」

煙草売りの男を見たあと、幽霊坂で小間物屋の男と擦《す》れ違った。二十四、五歳の男だ。卯助だろうか。

「そなたが出入りをしているのは藤森さまの屋敷だけか」

「いえ。ほかにも幾つかの旗本屋敷に出入りをさせていただいています」

「藤森さまの屋敷に世話をしたのはそなたの考えか」

「いえ、卯助の希望で」

「卯助という男は信用出来るのか」

「はい。七年もうちの品物を仕入れています。一度も間違いを起こしたことはありませんし、お客さんの評判もいいのです」

「なるほど」

「それで、うちの旦那さまも世話をしてやれと仰《おつしや》いまして」

「卯助の住まいはわかるか」

「はい。豊島町一丁目です」

「わかった。邪魔をした」

剣一郎は本町三丁目から柳原《やなぎわら》通りに面した豊島町一丁目に向かった。

「今はまだ商売で外に出ているかもしれませんね」

太助が言う。

「うむ。ほんとうに住んでいるかどうかだけでも確かめよう」

豊島町一丁目の裏長屋にやってきた。

井戸端にいた女に、卯助の住まいを聞き、奥に向かった。

腰高障子に、簪の絵が描いてあった。

「ここですね」

太助が言い、戸に手をかけた。

「ごめんよ」

戸を開けた。

「はあい」

思いがけずに女の声で返事があった。二十歳ぐらいの女が部屋の掃除をしていた。

「こちら、小間物屋の卯助さんの家では？」

太助が困惑してきいた。

「そうです」

女はあっさり答える。

「失礼ですが、おまえさんは？」

「私は卯助さんの許嫁《いいなずけ》で、しんと申します」

「許嫁ですか」

太助は頷《うなず》きながら言う。

「失礼ですが、どちらさまでしょうか」

おしんがきいた。

「南町の青柳さまがお訊ねしたいことがあるので」

太助が口にすると、おしんは戸口に立っていた剣一郎に目を向けた。

「青柳さま……」

編笠をとり、剣一郎は土間に入った。

「ちょっと教えてもらいたい」

「はい」

「卯助は小間物の行商をしているそうだな」

「はい。いつかお店を持つと頑張っています」

おしんは熱っぽく言う。

「卯助はどんな男か」

「何事にも前向きで、やさしくて頼りがいがありますけど。いえ、私が許嫁だから言うんじゃありません」

「うむ」

剣一郎は頷き、

「卯助に弟がいるな」

「はい。亀二さんです」

「亀二はどんな男だ」

「とても生真面目なひとです。ちょっと鈍重なぐらいのんびりしていますが、やっぱりやさしくて穏やかで、そばにいると日溜まりにいるような心地よさを与えてくれるひとです」

「ずいぶん、兄弟をべた褒めだな」

「そうですね」

おしんは恥じらうように俯《うつむ》いたが、すぐ顔を上げ、

「でも、皆さん同じ感想を持つと思います」

と、自説を強調した。

「亀二は勘定奉行藤森兼安さまのお屋敷に奉公に上がったそうだが?」

「はい。亀二さんは煙草売りをしていたのですが、自分には向いていないと悟り、お屋敷の奉公に上がりたいと思っていたそうです。それで、卯助さんが骨を折ったんです」

「なぜ、藤森さまのお屋敷だったのか、わかるか」

「卯助さんが相談した『白扇堂』の番頭さんが藤森さまのお屋敷に出入りをしていたという縁だと思います」

「なるほど。ところで、卯助の帰りは遅いのか」

「遅いときもあります。かなり精力的に歩きまわっていますので」

「店を出す元手を貯めるためか」

剣一郎はきいた。

「そうです。お店を持つのが私たちの夢ですから」

「そうか。早く持てるといいな」

「はい」

「今日はまだ帰らぬか」

「早いときは、帰ってくるころですが」

「では、外で待つことにする」

剣一郎と太助は外に出た。

長屋木戸まで行ったとき、荷を背負った男が帰ってきた。

相手ははっとしたように立ち止まった。材木置き場にいた男だ。そして、幽霊坂で擦れ違ったのもこの男に違いないと思った。

「卯助か」

剣一郎は声をかけた。

「わしは南町の青柳剣一郎だ」

「青柳さま……」

「今、そなたの家に行って、おしんから話を聞いてきたところだ。そなたにききたいことがある」

「わかりました」

「外がいい」

剣一郎たちは長屋木戸を出て、柳原通りの手前まで行った。

「この辺りでいいだろう」

人気《ひとけ》のない場所に移動し、剣一郎は立ち止まった。

「そなたの弟の亀二は藤森兼安さまの屋敷に下働きとして雇われたそうだな」

「はい、さようで」

「なぜ、藤森兼安さまの屋敷だったのだ？」

「たまたま、世話をしてくれたひとが藤森さまのお屋敷に出入りをしていたんです」

「『白扇堂』の番頭佐七だな」

「は、はい」

「佐七の話では、そなたが藤森さまの屋敷を望んだということであったが？」

「いえ、そうではなくて……」

卯助はあわてて、

「以前から、藤森さまのお屋敷で下働きの男がひとりやめたと聞いていたんです。それで、藤森さまのお屋敷と口にしたのです」

「なるほど」

うまく言い逃れたなと剣一郎は思い、それ以上の追及はやめ、

「亀二は煙草売りをしていたそうだが」

と、問いかけを変えた。

「へえ」

「何年ぐらいしていたのだ？」

「三、四年になりましょうか」

「それなのに下働きの仕事を選んだのか」

「はい。亀二は商売には向いていないんです。ですから、どこかのお屋敷に奉公したほうがいいだろうと思いまして」

「亀二は今、いくつだ？」

「二十二です」

「二十二で下働きか。いつまで続けるつもりなのか」

「ほんの二、三年だと思います」

「そのあとはどうするつもりだ？」

「そのときはそのときでして」

卯助は答えたが、ふと不安そうな顔で、

「亀二に何か」

と、きいた。

「じつは、わしは藤森さまの屋敷を引き上げるとき、煙草売りの男が屋敷のほうを見ているのに気づいた」

「……………」

「それが亀二だとしたら、亀二は以前から藤森さまの屋敷に関心を持っていたのではないかと思えるのだが」

「亀二は武家地を商売で歩くこともありますから」

卯助は言い訳をする。

「まあいい。それから、そのほうは昨日、材木問屋の『飛騨屋』の様子を窺っていたようだが」

「えっ」

卯助は目を剝いた。

「いえ、違います。あれは、『飛騨屋』さんに小間物の商売で食い込めないかと思っていたんです」

「なぜ、『飛騨屋』に？」

「最近、急に伸してきた材木問屋だと聞きましたので、女中も多く、小間物も買ってくれるのではないかと思いまして」

「それだけか」

「それだけでございます」

「『飛騨屋』と藤森さまは付き合いがあるようだ。そのことを知った上での……」

「違います」

卯助は額《ひたい》に汗をかいていた。

「そうか。まあ、いい」

剣一郎は話を切り上げ、

「おしんと所帯《しょたい》を持つようだな」

「はい」

「しっかり者のいい女だ。泣かすような真似はしないと思うが、気をつけることだ」

「へい」

卯助は頭を下げて引き返して行った。

「嘘をついていますね」

太助が卯助を見送りながら言う。

「うむ。何か隠している。しかし、天馬の十蔵に関わりがあるとは思えぬが……。『飛騨屋』のことも気になる」

なぜ、卯助は『飛騨屋』の様子を窺っていたのか。

ふと、益次のことを思いだした。『飛騨屋』の話題のとき、何かに気づいたように益次は眉根を寄せた。そのことが改めて気になった。

「もう一度、益次に確かめたいことがある」

剣一郎は言った。

「てんぷらの屋台の亭主ですか」

「そうだ。太助は先に帰っていていい」

「あっしもお供します」

剣一郎と太助は柳原通りを突っ切り、柳原の土手に向かった。

三味線堀《しゃみせんぼり》を通り、阿部川町《あべかわちょう》から新堀川にかかる菊屋橋までやってきた。

何かいつもと違う風景が広がっていた。

「あれ、屋台が出ていませんぜ」

太助が不思議そうに言った。

確かに川っぷちに出ていた屋台が消えている。

剣一郎は煮魚を扱っている屋台の亭主に声をかけた。

「てんぷらの屋台がきょうは出ていないが」

「へえ、へんですね。こんなことなかったんですが」

亭主が首をひねった。

「亭主の益次の住まいを知っているか」

「へえ。阿部川町です」

「わかった」

剣一郎と太助は阿部川町の益次が住んでいる長屋に向かった。

長屋木戸を入り、益次の家の前にやってきた。中は暗い。

「益次」

声をかけながら、剣一郎は戸を開けた。

天窓からの月明かりで、暗い部屋に誰もいないことがわかった。剣一郎の不安が現実のものになったのは、その翌朝だった。

四

木々の緑は艶《つや》を増し、陽射《ひざ》しも強く、すっかり夏めいてきた。薬研堀《やげんぼり》のそばの伸びた雑草の中に、益次は仰向けに倒れていた。

剣一郎は茫然《ぼうぜん》と益次の亡骸《なきがら》と対面した。袈裟《けさ》懸《が》けに斬られている。死んで半日以上は経っている。斬られたのは昨日の昼間だ。

阿部川町に住む益次が、なぜ薬研堀で殺されたのか。ここで誰かと落ち合ったのか。

「殺されたのは昼間だ。大胆な犯行だ。目撃者がいるかもしれぬ」

「聞込んでみます」

京之進は岡っ引きに聞込みを命じた。

「益次は今はてんぷらの屋台で商売をしているが、十年前まで伊勢蔵と同じ火盗改めの密偵をしていた男だ」

「では、十蔵の伜の復讐……」

京之進は険しい表情になった。

「うむ。しかし、天馬一味を壊滅させたのは塩屋五兵衛どのと伊勢蔵の働きによるところが大きかった。益次が復讐の対象になるとは思えぬ。ただ、十蔵が獄門になったあと、益次は半吉と情婦の探索のほうで活躍したようだ」

「すると、半吉と出くわして……」

「その可能性はある。半吉は藤森さまの屋敷を探っている形跡がある。かなり動き回っているので、偶然に見つけた可能性は考えられる」

「実際に手を下したのは侍ですね」

「藤森さまを斃すために腕の立つ浪人を仲間に引き入れているのだろう」

剣一郎は忸怩《じくじ》たるものがあった。

益次は何かに気づいて動いたのだ。おそらく半吉にまつわることだ。剣一郎が十年前のことを訊ねさえしなければ、殺されるようなことはなかったかもしれない。

あとを京之進に任せ、剣一郎はその場から立ち去り、柳原通りに入った。

半刻（一時間）あまり後、剣一郎は牛込にある御先手組の糸崎伊十郎の組屋敷を訪ね、客間で差し向かいになった。

「青柳どの。何かありましたか」

糸崎からきいてきた。

「密偵をしていた益次が殺されました」

「益次が？」

糸崎は目を剝いた。

「下手人は？」

「わかりません」

「まさか、十蔵の伜の仕業《しわざ》……」

「半吉が絡《から》んでいるのは間違いないと思いますが、復讐ではなく、益次が半吉を見つけたのかもしれません」

剣一郎は顔をしかめ、

「糸崎どのはその後、益次との付き合いは？」

「一度、浅草の奥山《おくやま》に行った帰り、てんぷら屋台を曳《ひ》いてきた益次と会ったことがあります。もう一年以上も前のことです。火盗改めの密偵をしていたという面《おも》影《かげ》は微塵《みじん》もありませんでしたが」

糸崎はしんみり言う。

「小塚原で十蔵の首が獄門台に晒されたとき、益次は涙を拭っていた三十ぐらいの女と二十歳過ぎの細身の男を見かけ、あとをつけたそうですね。ふたりは仙台堀の亀久橋近くの船着場で下りた」

「ええ、益次の知らせを受け、我らはあの辺り一帯をしらみ潰《つぶ》しに探しました」

「木場の材木問屋も調べたそうですね」

「ええ、奉公人になって隠れ潜んでいる可能性も考えました。しかし、見つかりませんでした。ふたりが見つからなかったことで、益次の見間違いではなく、ほんとうに半吉と情婦だと考えました。亀久橋近くで下りたのは、万が一のことを考えての陽動だったのかもしれません」

糸崎は顔をしかめた。

「そうですね」

剣一郎は頷いてから、

「わからないことがあります」

と、疑問を口にした。

「十蔵の伜が復讐を企《くわだ》てているにしても、一番の狙いは火盗改めの頭だった藤森さまのはず。なぜ、最初に藤森さまを斃そうとしなかったのか」

「私もそのことを考えてみました」

糸崎は厳しい顔になって、

「敵の狙いは、藤森さまに十蔵の復讐だという恐怖を与えて殺そうとしているのではないかということです」

「確かにそういうことは考えられます」

剣一郎は素直に応じたが、それでは警戒など準備の機会を与え、襲撃に失敗する危険も大きくなるのではないかと思った。

「もうひとつの考えがあります」

「それは？」

「はい。十蔵の伜は天馬一味を壊滅させた火盗改め頭の藤森兼安を斃すことにより、盗賊仲間に力を誇示しようとしているのではないか。つまり、十蔵の伜は第二の天馬一味を誕生させようとしているのではないかと」

「なるほど。藤森さまを斃すという力を見せつけて、手下を糾合《きゅうごう》しようとしているということですか」

「考え過ぎでしょうか」

「いえ、十分に考えられます。もし、そうだとしたら、火盗改めの与力や密偵だった男を斃しただけでも手下に加わろうという者が現われてもおかしくはありませんね」

「ええ。まだ、藤森さまには襲われる様子はないようですが、仲間も集まり、敵の準備は着々と進んでいるとみていいんじゃないでしょうか」

糸崎は悔しそうな顔をし、

「出来ることなら、私も藤森さまのおそばに馳《は》せ参じ、十蔵の伜を迎え撃ちたいのですが、そうもいきません。今は、火盗改めではありませんから」

と、吐き捨てた。

「藤森さまも十分に警戒しているようです」

「そうだとは思いますが」

「ひとつお訊ねしたいのですが」

剣一郎は改まってきいた。

「天馬一味が盗んだ金のことです」

「…………」

「かなりの金を貯めていたと思うのですが、隠れ家から回収されたのですか」

「二千両ほど見つかりました。ですが、実際にはもっとあったように思えます」

「残りは情婦のところに？」

「そうではないかと。その金が今回の復讐の仲間集めに使われたのかもしれません」

糸崎は冷静に判断しているようだ。

「それともうひとつ気になることが？」

「なんでしょうか」

「糸崎どのが狙われることはありませんか」

「………」

糸崎は顎《あご》に手をやった。

「何かありましたか」

「先日、お城から帰宅するとき、つけられているような気配を感じました。ただ、気のせいかもしれませんが」

「そうですか。十分にお気をつけください」

「ええ」

「では、また何かありましたら」

剣一郎は挨拶をして立ち上がった。

剣一郎は牛込から浅草阿部川町の益次の長屋にやって来た。

長屋木戸を入って行くと、京之進と岡っ引きの姿があった。大家らしい年配の男、三人のかみさんと向かい合って、話を聞いていた。近づくと、京之進は顔を向けた。

「いい、気にせず続けてくれ」

「はっ」

京之進はのっぺりした顔の女に質問を続けた。

「すると、昨日の未明に、益次は長屋を出て、朝四つ（午前十時）に戻ってきて、また八つ（午後二時）に出かけたというのだな」

「そうです」

「どこに出かけたかはわからないか」

「わかりません。でも、誰かと待ち合わせているようでした」

「待ち合わせ？　どうしてそう思ったのだ？」

「益次さんと井戸端で顔を合わせたので声をかけたら、すまねえ、約束があるから、あとで話を聞くって。いったん仕事から帰ったとき、つい寝込んでしまっていたそうです」

「なるほど、それであわてていたのか」

京之進は頷いて、

「これまでにもそのようなことはあったのか」

と、きいた。

「いえ、はじめてです」

「そうか」

「ちょっといいですか」

横にいた痩せた女が口を出した。

「私は新堀川沿いを蔵前《くらまえ》のほうに向かう益次さんを見ました」

「蔵前のほうに向かったのか」

「はい」

薬研堀に向かったのだろうと、剣一郎は思った。そこで、誰かと待ち合わせをしていたのだ。

益次は待ち合わせの相手に殺されたのだ。

問題は早暁《そうぎょう》にどこに出かけたのかだ。誰かに会いに行ったのか。

益次とのやりとりを思いだす。

十年前、『飛騨屋』の若旦那がなかなかしぶとい男で、糸崎伊十郎も手を焼いていたと言っていた。なんだかんだと理由をつけて、奉公人のことを調べさせようとしなかったようだ。最後は糸崎が説き伏せて奉公人を調べることが出来たということだった。

益次は剣一郎と話していて、『飛騨屋』の若旦那のことで何か思いだしたことがあったのではないか。

それで朝早く深川の木場に行った。だが、出直しを余儀なくされ、改めて八つになって長屋を出た……。

「そういえば」

大家が思い出したように小肥りの女に向かい、

「おまえさんの亭主は益次が客ともめたところを見ていたそうではないか」

と、きいた。

「ええ、そうです。うちの亭主が言ってました。益次さんは客ともめていたと」

「もめていた？　詳しく話してくれ」

京之進は小肥りの女に顔を向けた。

「はい。夕方、菊屋橋を渡ったとき、遊び人ふうのふたりの男が益次さんに絡んでいたそうです。なんでも、ふたりはてんぷらを食べながら串をじべたに捨てて、食べたてんぷらの数をごまかそうとしたみたいで。勘定のとき、そのぶんも請求したら、ふたりが益次さんに食ってかかったらしく」

女は続ける。

「益次さんが串を拾って突き出すと、ふたりはいきなり益次さんに殴り掛かったそうです。でも、益次さんは反対にふたりを叩きのめし、代金を取り上げたということです。でも、それからたびたび、ふたりの男は仲間を連れて屋台にやってきて、いやがらせをしていたようです」

「そのふたりはどこの誰かわかるか」

京之進がきいた。

「亭主はわかると思います」

「ご亭主は仕事に出ているのだな」

「はい。暮六つ（午後六時）には帰ってきますけど」

「よし、あとでご亭主に話を聞こう」

京之進は剣一郎に顔を向けた。

「何かきくことはありますか」

「いや、そなたの問いかけで十分だ」

「わかりました」

京之進は長屋の住人に礼を言った。

「そろそろ、通夜《つや》の支度《したく》にとりかかろう」

大家が女たちに言った。

男たちは仕事に出かけていて、長屋に残っているのは女や年寄だけだった。

すでに、益次の亡骸は長屋に運び込まれていた。剣一郎は益次の家に入り、逆さ屏風と北枕で寝かされている益次のそばに行った。

「益次、この仇《かたき》は必ずとる」

剣一郎は手を合わせて誓った。

京之進たちと長屋木戸を出たところで、

「わしは『飛騨屋』に行ってみる。そなたは、客の遊び人ふうの男を調べてくれぬか」

「畏《かしこ》まりました。さっきの女の亭主が帰ってくるのを待って、話を聞いてみます」

もう少し聞込みを続けるという京之進たちと別れ、剣一郎は新堀川沿いを蔵前のほうに向かった。

それから半刻（一時間）後、剣一郎は深川の木場にやってきた。

材木問屋の『飛騨屋』の土間に入り、先日の小肥りの番頭に声をかけた。

「これは青柳さま」

番頭は細い目で窺うように見て言う。

「金右衛門はいるか」

「まだ、外出先から戻っておりません」

「そうか。では、そなたにきこう」

「はい」

「十年前、火盗改めがこの一帯を探索したことがあったが、覚えているか」

「火盗改めですか。はい、そんなことがありました」

「誰がきたか覚えていないか」

「いえ、覚えておりません」

「火盗改め与力の糸崎伊十郎と密偵の益次という男だったはずだが」

「申し訳ありません。思いだせません」

「無理もない。だが、顔を見れば思いだすのではないか」

「どうでしょうか」

番頭は首を傾げた。

「ところで、その益次という男が昨日の朝早く、ここにやってこなかったか」

「いえ、どなたもきていません」

「金右衛門に会いにきたのではないか」

「いえ。主人のところにやってくれば、私もわかります」

「そうか」

「あっ、旦那」

番頭が戸口に目をやった。

金右衛門が帰ってきた。

「あなたさまは？」

「南町の青柳剣一郎だ」

「ご高名は承っております」

「火盗改め与力の糸崎伊十郎と密偵の益次という男を覚えているか」

「ずいぶん昔のことで」

金右衛門は首を横に振った。

「天馬一味の半吉という男と天馬の十蔵の情婦を探していた。その探索のときに、そなたはなかなか奉公人のことを調べさせてくれなかったということだったが？」

「そんなことはありません。ただ、火盗改めのやり口があまりにも横暴だったのので素直になれなかっただけです。でも、結局調べて何も問題はなかったはずですが」

「確かに、そのとおりだ。だが、疑おうと思えば疑える」

「何がでしょうか」

「そなたが逆らっている間に、半吉と情婦をどこかに逃がすことも可能だ」

「どうして、私がそのような真似を」

金右衛門は含み笑いをし、

「そんな連中を助けたからといって、私には一銭の得にもなりません」

「そうかな」

剣一郎は厳しい目を向け、

「半吉と情婦は十蔵の金を持っていたのだ。かなりの額のはずだ」

「青柳さま、仮に私がその金を手に入れたいがために、ふたりを逃がそうとしたとしても、火盗改めの目をごまかすことは無理ですよ。それほど、火盗改めの探索は強引で、厳しいものでした」

「半吉と情婦のことは知らないというのだな」

「もちろんです」

「当時、二十歳過ぎだった半吉は今三十歳過ぎ。頬骨が突き出て、顎が尖った顔をしている。最近、そんな男を見かけないか」

「いえ、見かけません」

「そうか。ところで、そなたは勘定奉行の藤森兼安さまに付け届けをしているのか」

「ええ、どこの材木問屋も覚えめでたくしてもらうために、それ相応なことをしています。私どもも遅れをとってはなりませんので」

「そうか。わかった」

「青柳さま、いったい何のお調べでしょうか」

金右衛門はきいた。

「さっき話した密偵の益次が昨日殺された」

「殺された?」

金右衛門は顔色を変えた。ほんとうに驚いたようだ。

「青柳さま。私どもは益次ってひととはほんとうに関わっていません」

金右衛門は言い切った。

「そうか」

益次がここにやってきたと考えたのは間違っていたかもしれない。だが、金右衛門の様子には身構えるような険しさがあった。金右衛門は何かを隠している。

剣一郎はやはり金右衛門のことが気になってならなかった。

五

昨日から植木職人が入って、庭木を剪定《せんてい》していた。亀二は箒《ほうき》を手に、庭の掃除をしていた。

ひとの声がして、亀二は四阿《あずまや》のほうを見た。藤森兼安が供の者を連れて、四阿にやってきた。供の若い侍は体が大きくがっしりしていた。

しばらくして、鮮やかな白い着物の女が女中をひとり伴って到着した。百合だ。

亀二は胸の底から突き上げてくる感動に打ち震えながら、木陰から百合の姿を眺めた。しなやかな立ち姿はまさに白百合の化身《けしん》のようだ。亀二は茫然と見つめる。

亀二が藤森兼安の屋敷に下働きとして入って数日経った。

兄卯助の骨折りもあり、小間物屋の『白扇堂』の番頭の世話で用人の高坂喜平と会うことが出来た。藤森家の譜代の家来だ。

高坂喜平は厳しく問いかけた。

「生まれはどこだね？」

「相模《さがみ》です。ふた親が亡くなり、叔父《おじ》を頼って、兄の卯助とふたりで江戸に出てきました。兄が十三歳、私が十一歳のときです」

問われるままに、亀二は答えた。

兄の卯助は錠前屋《じょうまえ》の叔父についてまわり、亀二は近くの米屋で米俵を運ぶ手伝いをして三人で暮らした。

が、十五歳のとき、叔父が流行《はや》り病であっけなく亡くなり、それから卯助は

『白扇堂』から品物を仕入れて小間物の行商を、亀二は野菜の棒手振《ぼてふ》りをはじめた。

「野菜の棒手振りをやめて、煙草売りになったのはなぜだ？」

高坂喜平は鋭《するど》くきいた。

「長屋の隣に住んでいた煙草売りの爺《じい》さんが病気で得意先をまわれなくなったというので、代わってやりました。それから、爺さんを助けるうちに、いつしか煙草売りが本業になりました」

亀二は後ろめたい思いを隠して口にした。

その他、いろいろきかれた。特に、高坂喜平が気にしたのは、自由に商売していたのにどうして下働きを望むのかということだった。盗人の手先ではないかと疑っているのか。

「商売とはいえ、ひとと話すことが苦手で、もくもくと自分ひとりで出来ることをしたいんです。今さら職人の修業など出来ませんので」

百合の姿を遠くからでも拝み、何かあったら百合を助ける。ほんとうは百合の僕《しもべ》になりたいという本音は言えなかったが、亀二の言い分をどうにか高坂喜平は信じてくれた。それまでの下働きの男がやめたことも幸いだった。

さっそく屋敷で奉公するようになった。薪割り、水汲《く》み、庭掃除などの仕事ばかりだが、亀二は決していやではなかった。

百合は一日に一度は女中を伴い、庭を散歩する。遠くからでも、その姿を拝むだけで、亀二は仕合わせな気分になれた。

ただ、百合が藤森兼安の妾《めかけ》だということが少しだけ悲しかった。藤森兼安は五十歳ぐらいだ。百合とは三十歳近くの年の差がある。

今、ふたりは四阿で共に過ごしている。ふたりの関係を現実として受け入れるしかなかった。

亀二はそのとき、おやっと思った。四阿のそばに控えていた屈強そうな若い侍は、たえず周囲に目を配っている。

まるで、警護をしているみたいだ。自分の屋敷なのに、なぜあんなに用心をしているのか。

そういえば、夜も侍が庭を見廻っている。常に、こんなに厳重なのだろうか。

いや、そんなことはあり得ない。兄といっしょに忍び込んだときは警戒などしていなかった。

自分たちが忍び込んだことで、急に警戒するようになったのだろうか。しかし、それだったら、夜だけでいいはずだ。なぜ、昼間からこれほど厳しいのか。それに、屋敷を警戒しているというより、藤森兼安を警護しているように思える。

　ふと、母家《おもや》のほうから数人の一団がやってきた。奥方の琴野《ことの》とお付きの女中だ。琴野は二番目の妻で、まだ三十歳と若い。若い妻女がいながら、さらに若い百合を妾にしている。藤森兼安はかなり精力的な殿さまだと、亀二はひややかに見ていた。

　琴野が百合に何か言った。百合は俯き、やがて四阿から去って行く。琴野が藤森兼安に向かって何事か訴えている。

　琴野は藤森兼安の寵愛《ちようあい》が百合に向いているのがおもしろくないのかもしれない。

　頬被りをし、半纏姿の植木職人が百合に険しい目を向けているのに気づいた。自分と同じように百合の美しさに魅了されたか。

　琴野に何か言われたのか、藤森兼安が閉口したように立ち上がった。

　そのあと、琴野が庭木のほうに目をやった。植木職人が軽く頭を下げた。その様子に何か違和感を持った。だが、亀二は何も出来ない。

夕方に薪割りをして、薪を束ねて小屋に仕舞った。その後、井戸から水を汲み、湯殿に移した。

風呂を沸かす。藤森兼安や琴野、そして百合が入るまで火加減を見るのだ。百合が入っているとき、亀二は火加減を見ながら息が詰まりそうになるほど緊張した。亀二にはやましい思いはない。身の程を弁《わきま》えている。ただ、僕のごとく、百合を守っていくだけだ。

亀二に与えられたのは台所の近くにある小屋だった。飯は母家の台所の隅で食べる。酒など呑《の》めない。

小屋に戻ったのは五つ半（午後九時）だった。

早暁から夜まで働きづめだ。すぐにふとんに倒れ込む。

高坂喜平に煙草売りをはじめたきっかけをきかれ、

「長屋の隣に住んでいた煙草売りの爺さんが病気で得意先をまわれなくなったというので、代わってやりました。それから、爺さんを助けるうちに、いつしか煙草売りが本業になりました」

と、答えた。

だが、実際は別の理由だった。

あるとき、卯助が声を潜めて言った。

「こんな仕事をしていても金はたまらねえ。世の中にはあくどく金儲《もう》けをしている者がいる。こういった連中から金をいただこうと思うのだ」

「兄貴、盗人《ぬすっと》じゃねえか」

「堅気の者から奪うんじゃない。世の中には賄賂《わいろ》をもらったり、不正に金を儲けている者も多い。それも盗まれたことに気づかないぐらいの金を奪えば訴えたりしまい」

あくどい大店《おおだな》が狙いだと言ったが、最終的には大身の旗本屋敷に絞った。特に付け届けなどが多い役職の旗本が狙い目だった。

もちろん、その話を切り出されたときは、亀二は反対した。盗人に成り下がったらお天道様に顔向け出来ないと。

だが、口下手な亀二では野菜の棒手振りをしてもたいした稼ぎにはならない。卯助の錠前屋の稼ぎもたかがしれている。

短期間で金を稼ぎ、その金を元手に店を持つ。錠前破りは得意だ。誰にも気づかれずに土蔵に入ることが出来るという卯助の言葉に、いつしか亀二もその気になっていた。

目標は五百両だと決め、ついに盗人への道に突き進んだ。狙う屋敷の様子を探るのに、野菜の棒手振りより煙草売りのほうがいろいろ動き回れる。卯助も錠前屋をしていたら疑いがかかるかもしれないというので、小間物の行商をはじめたのだ。

幸い、卯助と亀二が盗みを働いているなど、誰も想像さえしなかった。兄貴はどうしているだろうか。おしんさんと早く所帯を持っていっしょに暮らせばいい。もう金は出来たし、いっしょになってもいいはずだ。

ふと、昼間の植木職人のことが蘇った。あの男は百合に厳しい目を送っていた。そして、琴野には会釈をしていたようだった。

思い違いだろうか。そんなことを考えているうちに瞼《まぶた》が重くなっていた。

翌朝も未明に起き、井戸から水を汲んで台所の瓶《かめ》まで運ぶ。何度も繰り返した。

昼過ぎ、百合が女中ひとりを連れて庭に出てきた。箒を動かす手を休めて目をやる。だいぶ距離はあるが、やはり心が落ち着いた。百合の顔を見ただけでも仕合わせな気分になった。

ふと、ひとの気配に気づいた。昨日の植木職人の男だ。その男が百合のほうに歩いて行く。亀二ははっとした。男は懐《ふところ》に手を入れ、急に駆けだした。亀二も走った。男は百合にまっしぐらに向かった。

「待て」

亀二は夢中で叫んだ。男は匕首《あいくち》をかざして女中に迫った。女中が百合をかばうように前に出た。亀二は立ち止まって石を拾い、男の後頭部目掛けて投げた。奇跡的に命中し、男がよろけた。

亀二は百合の前にかけつけた。

「俺が相手だ」

百合をかばうように男に立ち向かった。中背で、引き締まった体をしている。頬被りをしていたが、大きな目で平たい鼻の穴は横に広がっていた。いわゆる獅《し》子《し》鼻だ。三十前後か。

男は匕首を構え、亀二に迫る。

「どけ」

男が威嚇《いかく》する。

「どかねえ。おまえなんかに指一本触れさせやしねえ」

悲鳴を聞いた侍が駆けてくる。

「ちっ」

男は後ずさり、踵《きびす》を返した。

駆けつけた侍があとを追った。亀二は急に恐怖心に襲われ、体を震わせた。

「もし」

女の声がした。

亀二はおそるおそる振り返った。百合が近寄ってきた。

「危ういところを助けていただきました。お礼を言います」

百合が頭を下げた。

「いえ。ただ、夢中で」

亀二は答える。

そこに三十半ばぐらいの侍が駆けつけた。若党の大原源次郎《おおはらげんじろう》だった。

「大事ありませんか」

大原は百合に声をかけた。

「はい、だいじょうぶです。このひとに助けてもらいました」

百合は亀二を見た。

「おまえは下働きの亀二だな」

大原がきいた。

「はい」

「よく助けてくれた」

大原は亀二に言ってから、

「百合さま、お部屋にお戻りください」

と、百合に向かって促した。

「わかりました」

百合は答えてから、亀二に目をやった。しばらく見つめていたが、

「そなたは、ひょっとして神田明神の境内《けいだい》で助けてくれたおひとではありませんか」

と、気がついたように言う。

「はい」

「まあ、そうでしたか。どうして、この屋敷に？」

「へえ、たまたま……」

「二度も助けていただきました。このとおりです」

百合は改めて頭を下げた。

「もったいのうございます」

亀二は恐縮した。

「さあ、百合さまをお連れして」

大原が女中に言う。

「はい。百合さま」

女中は百合に声をかけ、母家に向かった。

「何があったのだ？」

大原が改めて亀二にきいた。

「植木職人の男がいきなり匕首をかざして百合さまに向かっていったのです」

「植木職人だと？」

「懐に匕首を呑んでました。ただの植木職人じゃありません。最初から百合さまを狙っていたんです」

亀二は訴える。

「顔は見たか」

「手拭いで頰被りをしていましたが、目は大きく、獅子鼻でした。平たい鼻の穴は横に広がっていました。中背です」

やがて、男を追って行った侍が戻ってきた。

「どうした?」

「裏口から逃げられました。はじめから逃走のために開けてあったようです」

「植木職人に化けて屋敷に入り込んだのだ。植木職人がどうして屋敷に入ってきたのか調べるのだ」

「はっ」

侍は門のほうに走った。

「あの植木職人の動きをよく見ぬいた」

大原が亀二に声をかけた。

「へえ。じつは、昨日も百合さまを厳しい目で見ていたのです。それで、ちょっと気になっていました」

「昨日?」

「はい。四阿で」

亀二はそのときのことを話した。

「俺もそのとき殿の警護で四阿の近くにいたが、気づかなかった。それにしても、百合さまを狙うとは……」

大原は顔をしかめた。

亀二は迷った。植木職人と琴野が顔を見合わせたような気がしたことを言うべきか。しかし、告げ口をしたととられたら……。いや、もし琴野の差し金だとしたら、また百合は襲われるかもしれない。

「あの」

亀二はおそるおそる口にした。

「あっしの勘違いかもしれないので、言うべきか迷うのですが」

「なんでも言ってみろ」

大原は鋭く言う。

「はい。じつは植木職人と奥様が顔を見合わせたような気がしたんです。植木職人が奥様に軽く頭を下げて」

「奥様が……」

大原は顔色を変え、

「亀二、よいか。今のことは他言無用だ。誰にも言うではない」

と、強く念を押した。

「わかりました」

大原も琴野に疑いを向けていたようだ。

ひょっとして、神田明神の境内でのごろつきの因縁も琴野の差し金ではと疑いたくなる。俺がきっと百合さまを守ってみせると、亀二は息張った。

「もうよい。亀二、自分の仕事に戻れ」

大原が言う。

「ひとつお伺いしてよろしいでしょうか」

亀二は思いきって切り出した。

「屋敷の中の警戒がやけに厳しいようですが、ひょっとして百合さまの身に何か危険が迫っているのでは？」

「いや、百合さまではない。別だ」

「別？」

屋敷内のものものしい警戒は百合のこととは別だという。では、藤森兼安が狙われているのだろうか。

「よいか、亀二。怪しい奴に気づいたら、わしに知らせるのだ」

「はい」

大原が母家に引き上げかけた。

「もし」

亀二は大原を呼び止めた。

「なんだ？」

大原が振り返った。

「恐れ多いことですが、私に百合さまの護衛をさせていただけないでしょうか」

「なに、百合さまの護衛だと？」

大原は口元を歪《ゆが》め、

「下働きの分際で出すぎたことを」

と、一蹴した。

「また、百合さまは襲われます」

亀二は負けずに言い返す。

「百合さまを狙わせたのは奥様ではありませんか」

「めったなことを言うものではない」

「いえ。奥様は嫉妬《しっと》から百合さまに危害を……」

「黙れ」

大原は声を荒らげた。

「そのことは二度と口にするな」

「はい。でも、また百合さまが危ない目に……」

「さっきも言ったように、そなたは怪しい奴がいたら、わしに知らせればいい。わかったな」

「……………」

「百合さまの身辺はわしらが守る」

「わかりました」

大原は去って行った。

だが、自分は百合を守るためにこの屋敷に奉公したのだ。百合に危機が訪れたら、ためらわず駆けつける。亀二は改めて悲壮な覚悟を固めた。

第三章　襲撃

一

剣一郎が出仕すると、すぐに京之進が与力部屋にやってきた。

「益次ともめた客を見つけました。湯島界隈《かいわい》の盛り場を根城にしているごろつきでした。その中の兄貴分が万平《まんぺい》という男です。万平はてんぷらの屋台の一件は認めましたが、益次殺しは否定しています」

「信用出来るか」

「まだ、なんとも言えませんが、益次殺しとは関係ないような気もしています」

「そうか」

剣一郎は予期していたことなので動じなかった。

「ただ、万平はこんなことを言ってました。益次を湯島の切通《きりとおし》町《ちょう》で見たと。殺された日の昼過ぎです」

「朝早くから出かけていたが、益次はそっち方面に行っていたのか」

はじめて、益次の行動の一端がわかった。

「先日、神田明神の境内《けいだい》の水茶屋で客の男から金を脅《おど》し取ったことがわかり、それを理由に大番屋にしょっぴきました」

「今、大番屋にいるのか」

「はい。三四《さんし》の番屋に」

本材木町《ほんざいもくちょう》三丁目と四丁目の境にある大番屋だ。

「わかった。わしもきいてみたい」

「わかりました」

京之進はすぐに立ち上がった。

四半刻（三十分）後には大番屋にやって来た。

仮牢から万平を連れ出し、莚《むしろ》の上に座らせた。いかつい顔をした二十七、八歳の男だ。ふてくされたように顔を背《そむ》けた。

「てんぷらの串の数をごまかして、主人の益次ともめたことは間違いないのだな」

剣一郎は確かめる。

「そのことは間違いありません。でも、殺しなんか、あっしは知りません。てんぷらの代金のことで殺しなんてしません」

「代金云々《うんぬん》より益次に痛めつけられて腸《はらわた》が煮えくり返っていたんじゃないのか」

「三日前の昼過ぎはずっとあるところにおりました。あっしが殺《や》れるわけがありません」

「益次は刀で斬られた。そなたが、刺客《しかく》を頼んだとも考えられる」

「あっしはそんなことしちゃいねえ」

万平は声を震わせた。

「昼前、そなたは益次を湯島の切通町で見たそうだが、ほんとうか」

「確かに見ました」

「益次はひとりだったのか」

「ひとりでした」

「どっちからやってきたのだ？」

「湯島天神からか切通しの坂を下ってきたのかはわかりません。池之端仲町《いけのはたなかちょう》のほうに行きました」

万平は答える。

「益次を見かけただけか、それとも益次と出くわしたのか」

「………」

「どうなんだ？」

「出くわしました」

「では、そこで言い合いになったのではないか」

「なりません。奴はあっしのことを無視して擦《す》れ違っていったんです」

「無視した？」

「たぶん、他のことを考えていたのかもしれません」

「そうか」

「青柳さま、信じてくださいな」

万平は訴えた。

「そなた、神田明神の境内の水茶屋で、何をしたのだ？」

「………」

「正直に答えないと、殺しの件も嘘をついていると疑わざるを得ない」

「腰掛けに座っていた客の男の足に引っ掛かって、あっしが転んでしまったんです。それで、薬代を出してもらったってわけです」

「わざと転んだのか」

「違います」

「別の日にも同じようなことをしていたな」

「………」

「ほんとうのことを言っているかどうか、そなたはためされているのだ。嘘をつくと、殺しの件も嘘だとみなされる。刺客を雇ったとしたら、そなたは打首だ」

「冗談じゃねえ。あっしは殺しちゃいねえ」

「嘘をついているそなたの言い分をどうして信じろと言うんだ？」

「………」

「万平。観念するのだ」

「恐れ入りました。わざと倒れ、金をせびっていました」

「よし」

剣一郎は京之進に向かい、

「どうやら、益次殺しは万平ではないようだ」

と言い、あとを任せて大番屋を出た。

奉行所に戻ると、宇野清左衛門から呼ばれた。

「宇野さま」

剣一郎は年番方与力の部屋に行き、清左衛門に声をかけた。

「青柳どの、じつは藤森兼安さまの用人どのから使いが来た。急ぎ相談したいことがあるとのことだ」

振り向き、清左衛門が言う。

「何かありましたか」

剣一郎は胸が騒いだ。

天馬の十蔵の伜《せがれ》の行方はいまだに摑《つか》めていないのだ。

「わかりました。すぐお伺いします」

「頼んだ」

草履《ぞうり》取りを伴い、剣一郎は急いで奉行所を出た。

半刻（一時間）後、剣一郎は藤森家の客間で、用人の高坂喜平と三十半ばぐらいの侍と向かいあった。

「青柳どの。御足労かけて申し訳ない」

高坂喜平が頭を下げる。

「いえ。それより何かございましたか」

剣一郎は用件が気になった。

「じつは殿の愛妾《あいしょう》の百合どのが昨日、屋敷の庭で植木職人に化けた刺客に襲われました」

「なんと」

「幸い、事なきを得ましたが。刺客には逃げられました」

高坂喜平は暗い顔をして、

「どうか、その刺客を捕《つか》まえていただきたいのと……」

と続けたが、途中で声を呑《の》んだ。

「何か」

剣一郎は先を促《うなが》す。

「まず、そのときの様子をこの者から」

高坂喜平は横にいた侍に目を向けた。

「若党の大原源次郎と申します」

大原は挨拶《あいさつ》をして話しはじめた。

「昨日の昼間、警戒のために庭を見廻っていて、女の悲鳴を聞きました。駆けつけると、すでに賊《ぞく》は逃げたあとでした。下働きの亀二という男に百合さまが礼を言ってました。亀二が危ういところを助けたのです」

剣一郎は亀二のことを思いだしながら話を聞いた。

「三日前から、入谷《いりや》の『植政《うえまさ》』の植木職人が庭木の手入れに入っています。そのことを知って、植木職人に化けて屋敷に入り込んだのです。門番によると、『植政』の職人がやって来たあと、ひとりが遅れて来たということでした。もちろん、『植政』は関知していないということです」

「なるほど。で、賊の特徴はわかりますか」

「亀二が言うには、三十前後で、中背で引き締まった体をしていて、大きな目で平たい鼻の穴は横に広がっていた。いわゆる獅子《しし》鼻だったそうです」

「しかし、百合どのはなぜ狙われたのでしょう。天馬の十蔵の復讐絡《がら》みでしょうか」

「じつは……」

大原は言いよどみながら、

「これは他言無用にお願いしたいのですが、亀二は植木職人に化けた賊と奥様がつながっているのではないかと……」

と、続けた。

「奥様が陰で糸を引いているというのですか」

剣一郎ははっきり言う。

「亀二はその男が奥様に会釈していたと……かくたる証《あかし》があるわけではありませんので、奥様に確かめるわけにはいきません。もし違っていたら、たいへんなことになります。それで、賊を見つけ出していただきたいのです。賊の口から真実を聞きたいのです」

「もし、賊を捕まえ、奥様に頼まれたとわかったらどうなさるおつもりですか」

「殿に正直に告げなければなりません」

大原が厳しい顔で言う。

「奥様が百合どのに危害を加えることはあり得るとお考えなのですね」

「奥様はとても嫉妬《しっと》深い御方ですので」

「十蔵の伜の件もあるというのに、困った事態になりました」

高坂が顔を歪《ゆが》めた。

「奥様は十蔵の倅の件をご存じなのですか」

「知っています。警護のためにお話ししました」

「そうですか」

剣一郎は表情を曇《くも》らせた。

「何か」

高坂が不安そうにきいた。

「奥様は藤森さまが襲撃されたらどさくさに紛《まぎ》れて百合さまを襲わせることが出来ると思ったのです。いや、これは考えすぎかもしれません」

剣一郎は自分で打ち消したが、その可能性は十分にあると思った。

「しかし、殿がいつ襲撃されるのかわからないではありませんか。殿の襲撃に合わせて百合さまを襲うというのは実際には無理では？」

大原が口をはさんだ。

「外の刺客には無理でしょう」

「外の？　どういうことですか」

「内部にいたとしたら」

剣一郎は鋭《するど》く指摘する。

「内部？」

高坂が顔色を変えた。

「手を下す者が屋敷内にいると？」

「考えてみてもください。奥様は自由に外出はできないのでは？　であれば、刺客を直《じか》に雇うことは難しいのではありませんか」

「すると……」

大原が目を見開き、

「自由に屋敷を出入り出来る者が奥様の意を汲《く》んで刺客を雇ったと？」

と、うろたえたようにきいた。

「そうとしか考えられません。奥様付きの女中か、はたまた奥様に味方するご家来がいるのか」

「なんと」

高坂は口をあんぐりさせた。

「藤森さまの襲撃に乗じて百合さまを襲うことは、可能性として考えられます。そのことも十分に頭に入れておいたほうがいいでしょう。藤森さまの警護のために新しく雇い入れた侍はおりますか」

「うむ。三人雇いました」

「その中に、奥様の意を汲んだ者がいないか、よく調べたほうがよろしいかと」

「わかりました。気をつけます」

高坂は厳しい顔で答えた。

「念のためにお伺《うかが》いいたしますが、奥様はどこから嫁《とつ》いでこられたのでしょうか」

「旗本の本木《もとき》翫《がん》右衛《え》門《もん》どののご息女です」

一千石の旗本だという。

「よろしければ、下働きの亀二から話を聞きたいのですが」

「わかりました」

大原は答える。

「あの男、百合さまの警護をしたいと言い出しました」

「百合どのの？」

「ええ、真剣な眼差《まなざ》しでしたが、下働きの分際で出過ぎた真似をするなと叱《しか》りましたが」

「なぜ、そこまで？」

「以前に、百合さまは神田明神の境内でごろつきに絡まれたところを、亀二に助けられたことがあったようです」

「お屋敷に奉公に上がる前のことですね」

「そうです。では、参りましょうか」

剣一郎は客間から玄関に向かった。

玄関を出てから、大原の案内で片肌脱ぎで薪《まき》割りをしている亀二のそばに行った。

「亀二」

大原が声をかけると、亀二は手を止めた。

斧《おの》を置き、すぐに着物を直し、ふたりの前にやってきた。

「亀二。南町の青柳さまが話をききたいそうだ」

「へえ」

亀二は腰を屈《かが》めた。

「青柳さま。あとはよろしく」

そう言い、大原は引き上げた。

「昨日はお手柄だったそうだな」

剣一郎は亀二に声をかけた。

「へえ、たまたま」

「よく植木職人の動きを見逃さなかった」

「前日もその男の様子がおかしかったのです。それで注意をしていました」

「その男の特徴を教えてくれぬか」

「はい。男は手拭いで頰被《ほおかぶ》りをしていましたが、三十前後と思われます。中背で引き締まった体をしていました。目は大きく、獅子鼻でした」

亀二は口にしてから、

「青柳さま。どうか、その男を捕まえてください」

亀二は真剣な眼差しで訴えた。

「うむ。必ず捕まえる」

剣一郎は約束してから、

「その男は奥様に向かって会釈《えしゃく》をしたそうだな。間違いないか」

「はい。確かに会釈をしていました」

「奥様のほうは？」

「いえ、何も」

剣一郎は何か引っ掛かった。

「以前にも、百合どのを助けたことがあったそうだな」

「助けたというほどでは……」

「しかし、百合どのはそなたに礼を言っていたそうではないか。何があったのだ？」

「神田明神の境内で、いかつい顔をした遊び人ふうの男が仲間ふたりと百合さまに絡んでいったのです。それであわてて飛んでいって」

「ならず者を追い払ったのか」

「はい。そのことを百合さまはとても感謝してくれました」

亀二は目を細めて微笑《ほほえ》んだ。その仕合わせそうな表情に剣一郎は驚いた。まるで心を奪われているようだった。

「亀二。これからも百合どのを守ってやるのだ」

剣一郎が言うと、亀二は顔を輝かせて頷《うなず》いた。

藤森兼安の屋敷を出たところで太助が待っていた。

「こちらに伺ったと聞きましたので」

「ちょうどよかった。頼みがある」

剣一郎は太助にあることを頼んでから入谷に向かった。

二

入谷田圃《たんぼ》が背後に広がっている。剣一郎は植木職の『植政』の前にやってきた。草木の栽培もしていて、この時期は朝顔が目につく。丸に政の字が入った印《しるし》半纏《ばんてん》を着た職人が、木の枝に乗って剪定《せんてい》をしている。

剣一郎は土間に入り、親方を呼んでもらった。

すぐに五十近い四角い顔をした男が奥から出てきた。

「これは青柳さま。政五郎《まさごろう》にございます」

政五郎は丁寧《ていねい》に頭を下げた。

「藤森さまの屋敷の件だが」

「はい。驚いております。私どもはまったく寝耳に水の話でして」

「うむ。だが、賊は『植政』の半纏を着ていた。半纏が盗まれたことはないか」

「いえ、そういうことはありません」

政五郎は否定した。

「植木の手入れはいつ依頼があったのだ？」

「五日ほど前です」

「どなたからか」

「奥様からのご依頼だと思います。使いのひとがそう仰《おつしや》っていました。庭木が荒れていると。あっしが見た限りではそのような様子はなかったのですが」

「不審な男が周辺をうろつきまわっていたということはないか」

「いえ」

「三十前後で、引き締まった体の中背の男。目が大きく、獅子鼻だという。こういう男を見かけたことは？」

「ありません」

政五郎は首を横に振ってから、

「ただ、門番のお侍さんは、どうも半纏の色が他の職人のものより濃かったように思えると言っていたんです」

「濃い？　つまり『植政』の半纏ではなかったと？」

「しかし、背中の屋号は丸に政の字だったそうだが？」

「丸に政の字の印は他にもあるんです。たとえば、池之端仲町にある『駕籠政《かごまさ》』という駕籠屋もそうです。ただし、うちは襟《えり》にも同じ紋《もん》を染め抜いていますが、『駕籠政』さんにはありません。それに、色が違います」

「なるほど」

「門番の方も襟まで気づかなかったということなので、ひょっとしたらうちのに似た印半纏を着ていたのかとも」

「あり得ることだ」

剣一郎は頷き、『植政』の印半纏に目を留め、引き上げた。


入谷から池之端仲町にやってきた。

『駕籠政』の前に空駕籠がいくつか並んでいた。剣一郎は土間に入った。印半纏を着た駕籠かきが板敷きの間で思い思いに休んでいた。

女将《おかみ》らしい女が近づいてきた。

剣一郎の左の頰を見て、女将は急に態度を変えた。

「これは青柳さまで」

女将はおもねるような笑みを浮かべた。

「ちときききたい」

剣一郎は切り出す。

「この店の印半纏がなくなったり、盗まれたということはなかったか」

「印半纏がですか」

女将は不思議そうな顔で、

「いえ、ありません。それが何か」

と、きいた。

「なければいいのだ。ついでにきくが、三十前後で、引き締まった体の中背の男。目が大きく、獅子鼻だ。こういう男を見かけたことは？」

「さあ」

女将は首を傾《かし》げてから、

「青柳さま。いったいなにがあったのでしょうか」

「丸に政の字が入った印半纏を着た男が、植木職人を騙《かた》ったのだ。それで調べている」

「植木職人というと、『植政』さんですか」

女将は頷き、

「似ていますからね。でも、色も印の政の字の形も違いますし、確か丸の色も違います」

と言い、近くにいた駕籠かきを呼び寄せ、半纏を見た。

「確かに、『植政』とは違うな」

「ええ」

「だが、注意して見なければ、錯覚してしまうかもしれない」

「まあ、そうですね」

女将は素直に認めた。

「同じような印の半纏を使っているところを知らないか」

「確か、深川のほうに『船政《ふなまさ》』という船宿があるはずです」

「『船政』か。わかった。邪魔をした」

剣一郎は『駕籠政』をあとにして『船政』に行ってみた。

女将が干してあった半纏が盗まれたと言った。盗人を見た者はいなかったが、この半纏が犯行に使われたのだろうと思った。

その夜、八丁堀の屋敷に太助がやってきた。

多恵が迎え、夕餉《ゆうげ》をとらせた。

剣一郎が部屋で待っていると、太助が戻ってきた。

「ずいぶん早いではないか。ちゃんと食べたのか」

「はい。たらふく頂きました」

「それならいいが」

「旗本の本木翫右衛門さまのお屋敷を見張ってましたが、該当するような家来はいないようでした。門番の侍にも確かめましたが、そのような特徴の家来はいないとのことでした。念のために、屋敷から出てきた中間《ちゆうげん》と本木家に出入りをしている商人にもききましたが、見かけたことはないそうです」

太助は報告した。

「そうか」

実家の家来を使ったのかと思ったが、そうではないようだ。奥方付きの女中が刺客を探したのか。

「青柳さま」

太助が口を開いた。

「本木さまのお屋敷に出入りをしていた商人からきいたのですが、藤森兼安さまの後添いに入った琴野さまは、かなり気性の激しい御方だそうです。その商人も届けた反物の色が違うと、反物を叩きつけられたそうです」

太助はさらに続けた。

「歳の離れた藤森さまの後添いになったのは、父親の本木翫右衛門さまの思惑《おもわく》もあったようですが、琴野さまも優雅な暮らしを求めていたからに違いないと言ってました」

「僅《わず》か半日で、よくそこまで調べてきた」

剣一郎は讃《たた》えた。

「たまたま、商人と出会ったからです」

太助は照れた。

それにしても、いくら嫉妬からとはいえ、琴野はひと殺しまでするだろうか。

そう思ったとき、そうかと気づいた。

琴野にとっては百合を殺す必要はないのだ。要は藤森兼安の寵愛《ちようあい》を断ち切ればいいのだ。狙いは顔かもしれない。顔を切り、二目《ふため》と見られぬようになれば……。

多恵がやってきた。

「京之進どのがお見えです」

「ここに」

剣一郎は応じる。

京之進が入ってきた。

「青柳さま。半吉の動きがわかりました」

京之進が膝《ひざ》を進め、

「浅草奥山で凌《しの》ぎをしているごろつきがいるのですが、この男が三か月ほど前に半吉らしい男から仲間に誘われたと」

「仲間？」

「はい。天馬の十蔵の伜が十蔵を継いで天馬一味を復活させようとしている。仲間に加わらないかと誘われたということです。仲間に入る気があるなら、新しい十蔵に引き合わせると」

「その者はどう返事をしたのだ？」

「自分は仲間とつるむのは苦手だからと」

「他にも声をかけていたそうです。十蔵の伜を旗頭《はたがしら》にして、半吉は仲間をかき集めているようです」

「そうか」

「やはり、天馬一味の復活を目論《もくろ》んでいたのか」

剣一郎は憤然とした。

藤森兼安に復讐することで、天下に天馬一味の復活を宣する腹積もりなのだろうか。そんなことは断じて許してはならない。

「半吉の手掛かりはまだ摑めぬか」

「藤森兼安さまの屋敷の周辺を見張らせていますが、半吉らしい男はまだ現われません。警戒が厳しく、なかなか近付けないのかもしれませんが」

「うむ、警戒が厳しいのは承知の上のはずだ。その上で、藤森さまを斃《たお》せれば天馬一味の名を上げることが出来る。それなのに、まだ動きがないのは仲間が揃わないのかもしれない」

「十年も経《た》てば天馬の十蔵の威光も地に落ちたということでしょうか」

「そうかもしれぬ。逆にいえば、なんとしてでも藤森兼安を斃さねば、一味の復活はないということになる。仲間が集まったか、思うように集まらないか。どっちかわからないが、近々襲撃があるはずだ。藤森さまの屋敷の警戒を一層強めるように」

「はっ」

「それから、どうも半吉の隠れ家は、益次が言っていたように本所辺りにあるように思えてならない。その方面の探索も怠《おこた》るな」

「わかりました。では」

京之進が引き上げようとしたので、剣一郎は呼び止めた。

「じつは、昼間藤森さまの御用人に呼ばれた」

愛妾が襲われそうになった話をした。

「そのようなことが……」

京之進は驚きを隠せず、

「天馬の十蔵の倅の復讐と愛妾への襲撃が同じ時期に重なっているとは」

と、呆《あき》れ返ったように呟《つぶや》いた。

「いや、藤森家に絡むことであれば、材木問屋『飛騨屋』からの付け届けの品が盗まれているのだ。被害を訴えなかったのは、世間体を考えてのことのようだ」

剣一郎は被害を届けないことに怒りを禁じ得なかった。

「被害にあった旗本屋敷は他にもある。しかし、被害を届けないために、その盗《ぬす》人《と》はのうのうとしているのだ」

「こっちからきいても、いまさら被害を口にしないでしょう」

「うむ。盗人が捕まれば、自分のところも被害にあったとわかってしまう。おそらく、世間体を考え、盗人が捕まらぬように祈っているのではないか」

剣一郎は溜《た》め息をついたが、

「だが、当面は藤森さまのことだ。こっちから何も手出しができないのが無念だ」

と、膝に置いた手を握りしめた。

敵が動くのを待つしかないことに焦《あせ》りを覚えたが、

「ところで、万平はどうした？」

と、剣一郎は気を取り直してきいた。

「今度やったら牢へ送ると言い、きつく叱りつけて解き放しました」

「万平の住まいは？」

「本郷《ほんごう》の春《はる》木町《きちょう》です」

神田明神の境内で百合を襲ったならず者は万平かもしれないと、剣一郎は思った。

翌朝早く、剣一郎は太助を伴い、豊島町一丁目の裏長屋に亀二の兄卯助を訪ねた。

五つ（午前八時）前なので、卯助は部屋にいた。

「青柳さま」

卯助はあわてて上がり框《かまち》まで出てきた。

「仕事に出かけるところか」

「へえ。でも、まだだいじょうぶです」

「あれから亀二とは会っているか」

「いえ。勝手に外出出来ないでしょうから」

卯助は寂しそうに言う。

「一昨日、藤森さまの屋敷で騒ぎがあった」

「えっ？」

「藤森さまの妾《めかけ》が襲われた。それを亀二が助けたのだ」

「亀二が百合さまを助けたのですか」

卯助は思わず口にした。

「そなた、妾が百合という名だと知っていたのか」

「えっ？」

「わしは藤森さまの妾と言っただけだが」

「じつは、亀二は神田明神の境内でごろつきに絡まれている百合さまを助けたことがあったんです。それで名前を……」

「そうか」

剣一郎は頷き、

「たまたま藤森さまのお屋敷に奉公が決まったようなことを言っていたが、ひょっとして百合どのがいるからではなかったのか」

「……………」

「亀二は、百合どのがまた襲われるといけないのでこれからも自分に警護をさせてくれと、若党どのに頼んだそうだ。かなり思い入れがあるようだ。どうだ？」

「へえ、じつはそのとおりでして」

卯助は認めた。

「一目惚《ひとめぼ》れか」

「亀二は女にはまったく関心を示さなかったんです。女が嫌いかと思っていたのですが、百合さまを一目見て魂《たましい》を奪われてしまったんです」

「神田明神の境内で会ったのが最初か」

「え、ええ」

返事まで間があった。

「百合どのを助けたとき、そなたもいっしょだったのか」

「いえ、あっしはおりませんでした」

「亀二ひとりか」

「はい」

「亀二はなぜ、神田明神に？」

「ときたまあっしとふたりで境内にある水茶屋に行っていました。茶汲《く》み女に興味を示さないかと思って。でも、だめでした」

「そのとき、亀二はひとりで水茶屋に行ったというのか」

「さあ」

「それ以前に、どこぞで百合どのを見かけたのではないか」

「違います。とんでもない」

卯助はあわてた。

そのうろたえぶりを、剣一郎は訝《いぶか》った。やはり、以前にどこかで見かけたことがあったのだろう。

だが、どうしてそのことを隠すのか。

「青柳さま。どうか亀二を信じてあげてください。確かに百合さまに一目惚れをしましたが、百合さまに対してだいそれたことは考えていません。ただ、百合さまのそばにお仕えし、お守りしていきたいと願っただけなんです。なかなかわかってもらえないと思いますが、亀二はそういう男なんです」

卯助はしんみり言う。

「そうか。わかった」

剣一郎は亀二の真剣な眼差しと、心を奪われているような仕合わせそうな表情を思いだした。

「ところで、亀二は煙草《たばこ》売りをしていたそうだが？」

「はい。そうです」

「いつから煙草売りに？」

「三年前からです」

「その前は？」

「棒手振《ぼてふ》りです。野菜を売ってました」

「それが、どうして煙草売りを？」

「長屋の隣に住んでいた煙草売りの爺《じい》さんが病気で得意先をまわれなくなってしまい、亀二が代わってやったんです。それが縁で、煙草売りに」

卯助の目が微《かす》かに泳いだ。

「そなたははじめから小間物の行商を？」

「あ、ええ、そうです」

卯助の返事は曖昧《あいまい》だった。どうやら、他にも何か隠しているようだ。今、問いつめても何も言うまい。

「おしんとはうまくやっているのか」

剣一郎は話題を変えた。

「へえ、いずれいっしょに住もうと思っています」

「そうか。仲良くやるのだ」

「はい」

剣一郎と太助は卯助の家を出た。

「太助。卯助は小間物屋になる前に何か別の商売をしていたように思えてならない。そのことを調べてくれぬか」

「わかりました」

「わしは万平に会ってから、駿河台の藤森さまの屋敷に行く。夜に屋敷に来い」

剣一郎は太助と別れ、豊島町一丁目から柳原通りを抜け、筋違橋を渡り、明神下を経て湯島の切通しを上がった。

本郷春木町の万平が住む長屋にやってきた。

手前の家から出てきた年寄に聞き、一番奥にある万平の住まいの前に立った。

「ごめん」

剣一郎は声をかけて戸を開けた。

まだふとんが敷いてあり、横になっている男がいた。

「寝ているのか」

剣一郎は声をかける。

「誰でえ。勝手に入ってきやがって」

万平は起き上がり、いかつい顔を歪《ゆが》めた。

「わしだ」

「あっ」

万平は声を上げ、

「青柳さま」

と、あわててふとんをかたづけた。褌《ふんどし》ひとつの格好で、急いで着物を羽織って、上がり框の前で畏《かしこ》まった。

「起こしてしまったか」

「いえ、ちょうど起きるところでした」

万平は答え、

「まだ、何かあっしに？」

と、警戒ぎみにきいた。

「うむ。そなた、神田明神の境内で、武家の女性に絡んだのではないか」

「…………」

万平は俯《うつむ》いた。

「どうなんだ？」

「もう二度といたしません」

「当然だ。で、その女性に何をしようとしたのだ?」

「…………」

「万平。正直に答えればよし。隠したり偽《いつわ》りを申せば、今度こそ小伝馬町の……」

「お話しします」

万平は訴えるように言う。

「よし」

「金を持っていそうだったので」

「金目当てか」

「へえ」

「わしがさっき言ったことを聞いていなかったか。正直に答えればよし。隠したり偽りを申せば、今度こそ小伝馬町の牢送りだと」

「へい」

「もう一度きこう。その女性に何をしようとしたのだ?」

剣一郎は改めて迫った。

「顔に傷をこしらえて二目と見られない顔に……」

「誰かに頼まれたのか」

「へえ」

「誰だ？」

「知らない男です」

「偽りを……」

「ほんとうです。三十ぐらいの商人ふうの男があっしに近づいてきて、ある女の顔に傷をつけてくれれば十両やると」

「どこの誰だ？」

「いえ、教えてくれませんでした。ただ、狙うのは武家の妻女とだけ」

「どうして、狙う相手の顔がわかった？」

「その場で男が指示しました」

「男はなんと言ったのだ？」

「あの日、ここにいれば、狙う相手が神田明神にやってくるからと。その場に男もいて、鳥居を潜《くぐ》ってきた女を見て、あれだと」

「なるほど。武家の妻女が神田明神にやってくるのがわかっていたのだな」

「ええ。そうです」

「そなたに指示をした男の人相を覚えているか」

「目尻のつり上がった男でした」

「会えばわかるか」

「わかります」

「よし。そのときは顔を確かめてもらう」

「へい」

万平は頷いた。

「邪魔をした」

剣一郎は土間を出た。

百合の顔を狙ったということは、やはり奥方が動いているのだろうか。剣一郎は重たい気持ちになって、駿河台に向かった。

三

剣一郎は藤森兼安の屋敷の客間で、若党の大原源次郎と差し向かいになった。

「高坂さまは遅れて参ります」

大原が先に言った。

「恐れ入ります。神田明神の境内で亀二が百合どのを助けた件ですが、襲った男は三十ぐらいの商人ふうの男から金で頼まれてやったことを認めました」

剣一郎は切り出した。

「そのときから狙っていたのですか」

「ええ。その商人は百合どのが神田明神に来ることを知っていたそうです。そこで、待ち伏せた。殺すのではなく、顔に傷をこしらえろという指示だったそうです」

「…………」

「もはや、この屋敷内から指示が出ていることは明白です」

「やはり、奥様か」

大原は苦い顔をした。

「しかし、奥様は自由に外に出かけられません。奥様の指示をならず者に告げる仲立ちをしている者がいるはずです」

「それとなく様子を見ていますが、まだわかりません」

「そうですか」

「ところで、天馬の十蔵の伜の件で何か進展は？」

大原はやや身を乗り出してきいた。

「まだ何も」

「こちらも無気味なくらい何もありません。登城時や下城時にも何ら気配はありません。屋敷でも同じです。こっちの警戒が厳しくて手が出せないのではないかと思うこともあります」

「油断してはいけません」

剣一郎は強く言った。

かつての火盗改め与力の塩屋五兵衛と密偵の伊勢蔵、そして同じく密偵の益次が殺された。塩屋五兵衛の殺害から復讐がはじまったのだ。ただ益次が殺されたのは復讐ではない。天馬一味を壊滅させたのは塩屋五兵衛と伊勢蔵、そして頭《かしら》の藤森兼安だ。

復讐であれば時を置かずに藤森の殺害を実行に移すはずだが、伊勢蔵のあと間が空《あ》いている。もっとも伊勢蔵が殺されたのは塩屋五兵衛の死から六日後だ。

その流れでいけば、もう実行に移してもいい頃だ。

「ここ数日のうちに必ず動きがあるはずです。決して気を緩《ゆる》めてはなりません。

じつは、三か月ほど前から、一味で唯一捕縛を逃れた半吉という男が天馬一味の復活のために仲間を募《つの》っていたことがわかっています」

「天馬一味の復活?」

「目的は藤森さまを斃すだけでなく、新しい天馬一味を復活させることではないかと思われます。それこそが、十蔵の子の復讐ではないか。二代目天馬の十蔵を名乗るために火盗改めの頭だった藤森兼安を斃す。それによって、手下を集める……」

「そこまで」

大原は呆れたように言う。

「天馬一味の復活が狙いであれば、屋敷に押込んでくるはずです。どうか、警戒を緩めずに」

「わかりました」

そこに用人の高坂喜平がやってきた。

「青柳どの、ごくろうでござる」

「今、青柳さまからお聞きしましたが、十蔵の伜は殿を斃すことで、新しい天馬一味を復活させようとしているのではないかと」

大原はそのことを高坂に語った。

「とんでもない奴らだ」

高坂は眦《まなじり》をつり上げ、

「殿が火盗改めのとき、我が屋敷のお白州《しらす》で天馬の十蔵を取り調べたが、十蔵はまさに血も涙もないような男だった。とらわれの身になってまでも、ふてぶてしい態度で、殿を威嚇《いかく》していた。あのような男がまた蘇《よみがえ》ることは悪夢だ。なんとしてでも阻止せねばならぬ」

「仰るとおりにございます」

剣一郎は応じ、

「必ずや、お屋敷に押し入りましょう」

と、高坂にも用心を怠《おこた》らないように言った。

「ところで、藤森さまのご様子は?」

剣一郎は高坂の顔を見た。

「殿は強い御方です。死んだ十蔵の脅しに屈するようなことはありえません。かえって迎え撃つ覚悟なのです。なにしろ、一刀流の使い手ですからな」

高坂は言い、

「じつはかつての火盗改め時代の配下だった与力と同心が、殿をお守りするために数日前から交替で詰めてくれています」

「御先手組の方々が？」

「非番の者が夜だけ屋敷に詰めてくれています。与力の糸崎伊十郎が殿を守らねばならないと朋輩《ほうばい》に声をかけたそうです」

「糸崎どのが……」

「塩屋五兵衛が殺され、この上殿までということになっては当時の火盗改めの敗北を意味すると、かなりの危機感を持ってくれています」

「そうですか」

糸崎伊十郎はもっとも敏感に十蔵の伜の恐怖を感じ取っているはずだ。十年前のこととはいえ、糸崎にとっても見過ごすことは出来ない事態なのだ。

「勘定奉行は多忙と聞いておりますが、藤森さまもお役目はお忙しいのでしょうか」

剣一郎はきいた。

「忙しくしております。なにしろ、早朝七つ半（午前五時）には登城しなければなりません」

大原が答えた。

「今、地方の河川の工事の調査などがあるようです」

高坂が呟《つぶや》いた。

勘定奉行の勤務する役所は本丸《ほんまる》表御殿にある。そこに、勘定奉行、勘定吟味《ぎんみ》役、勘定組頭以下の役人が詰める。

幕府の御金蔵の金を握っているのが勘定奉行だ。最終的に勘定奉行の印があって、はじめて金が支払われる。

「殿はとても厳しい御方ですから、書類も隅から隅まで調べます。そこまでしなくてもいいと思うのですが」

大原が苦笑する。

「火盗改め頭のときも正義を貫く御方でした」

ときにはやりすぎではないかと思うほど、不正に対しては容赦《ようしゃ》はなかった。剣一郎はそんな印象を持っている。

「ですから、奥様のことをどう対処するか、頭が痛いのです」

大原は表情を曇《くも》らせた。

「奥様が嫉妬から百合さまを傷物にしようと企《たくら》んでいると知ったら、殿は奥様を許さないであろう。離縁は間違いない」

高坂も顔をしかめた。

「百合どのはどういう縁で藤森さまと？」

剣一郎は確かめた。

「百合さまは日本橋《にほんばし》小舟町にある下駄屋の娘です。五年前に、我が屋敷に奉公に上がりました。琴野さまが殿の後添いになったのも五年前。同じ時期に、ふたりはこの屋敷で暮らすことになりました」

高坂は眉根《まゆね》を寄せ、

「殿が百合さまを妾にしたのは一年前です」

旗本は別宅が認められていないので、妾も本妻がいる屋敷で暮らすことになる。

「百合どのは妾になることを素直に承知に？」

「…………」

高坂からすぐに返事はなかった。

剣一郎は待った。

「百合さまの実家にそれなりの援助をすることで説《と》き伏《ふ》せました」

高坂は目を伏せて言う。

剣一郎は何かを隠しているような気がした。

「百合どのはそれで素直に納得なさったのですか」

「うむ」

高坂は唸《うな》った。

「私から」

大原が口を出した。

「殿は百合さまを部屋に呼びつけ、手込めにしたのです」

「手込めに……」

剣一郎は眉をひそめた。

「殿は正義心の塊のような御方ですが、女のほうはいささか……」

大原は苦い顔をした。

「百合どのは仕合わせなのでしょうか」

剣一郎はきいた。

「殿の寵愛を一身に受けています。なにしろ、百合という名を与えたほどですから」

「百合というのは？」

「百合の精のようだと感嘆した殿が百合と呼ばせるようにしたのです。もともとの名はおみよです」

「おみよ……。そうでしたか。ずいぶん、藤森さまは入れ込んでいなさるのですね」

「そういう意味では仕合わせだと思いますが」

高坂が言うと、すぐに大原が引き取った。

「何不自由ない暮らしを謳歌《おうか》しているようですが、ときおり百合さまは夜中に庭に出ているようです。何か満たされないものがあるのかもしれません」

「百合どのが夜中に庭に？」

「女中の話では眠れないときに夜中に庭に出ているようです」

「夜中に散策ですか」

剣一郎は呟く。

「何か」

「いえ」

何か引っ掛かるものがあったが、剣一郎は自分でもそれが何なのかわからなかった。

「本妻の琴野さまから辛く当たられていることが、百合さまには悩みの種かもしれません。殿がもう少し奥様のほうを大事になさればよいのですが」

大原は溜め息をつく。

「先妻がお亡くなりになったあと、すぐに琴野さまが後添いに入られたのでしょうか」

「先の奥様は長患《ながわずら》いをなさっていましたから」

高坂はやりきれないように言い、

「殿は奥様が生きている頃から琴野さまにご執心でした。それなのに、今は百合さまに夢中です。琴野さまも可哀そうではあります」

「そうですね」

琴野の嫉妬心を燃えさせた責任は藤森兼安にもあると、剣一郎は思った。

「では、私はこれで」

剣一郎は挨拶をして立ち上がった。

玄関まで、大原が見送りにきた。

「では」

玄関を出たとき、目の前を羽織姿の男が横切った。

どこぞで見た顔だと思った。すぐに思いだした。

材木問屋『飛騨屋』の番頭だ。

番頭は内玄関に向かった。

「どうなさいましたか」

大原が式台まで出てきて、剣一郎に声をかけた。

「今、商人ふうの男が横切ったので」

「材木問屋『飛騨屋』の番頭です。また、奥様に何かを持ってきたのでしょう。殿が賄賂《わいろ》を受け取らないので奥様に取り入ろうとしているようです」

「では、奥様に会いに？」

「ええ。御殿の裏にまわるのでしょう」

琴野や百合は御殿の奥に住んでいる。これから裏にまわるようだ。

「では、失礼します」

剣一郎は改めて挨拶をして屋敷をあとにした。

四

剣一郎は牛込にある御先手組の組屋敷に糸崎伊十郎を訪ねた。

客間に通されたが、糸崎はこれから登城するところだった。

「お忙しいところを申し訳ありません」

剣一郎は詫《わ》びた。

「いえ。まだ、余裕はありますから」

「夜勤ですか」

「そうです」

江戸城の門の警備に就《つ》くのだ。

「じつは、藤森さまの御用人の高坂どのからお聞きしました。御先手組の方々が警護のために藤森さまの屋敷に詰めていると？」

「ええ、十年前のこととはいえ、我らの頭だった藤森さまの危機に際し、手を拱《こまね》いているわけにはいきません。それに、目的は塩屋五兵衛どのの仇《かたき》でもありますから。当時の仲間五名で、非番の者が交替で詰めることになったのです」

「それは糸崎どのから藤森さまに申し入れを？」

「そうです。藤森さまは五十近いとはいえ、まだまだ剣の腕は誰にも負けないと自負しており、最初はそこまでする必要はないと仰いましたが、十年前の積み残しの半吉と情婦の子どもの始末をつけたいという我らの思いをわかっていただけました」

「糸崎どののほうでも十蔵の伜の動きを何かつかんだのですか」

剣一郎は確かめる。

「今の火盗改めの与力から聞いたのですが、密偵として使っている男に天馬一味に加わらないかという誘いがあったそうです」

「………」

「誘ってきた男の人相は半吉にそっくりでした。おそらく半吉でしょう」

「じつはその誘いの話は奉行所のほうにも入っています」

「そうですか。半吉は十蔵の伜と共に天馬一味を復活させるつもりなのです。藤森さまを血祭りに上げて、天馬一味復活の狼煙《のろし》をあげるに違いありません」

「そうでしょう」

「近々、襲撃があると、私は見ています」

「奉行所も屋敷の周辺を警戒しています。屋敷内の警護はお頼みしました」

「お任せを」

糸崎は自信を見せ、

「では、そろそろ出かけませんと」

と、すまなそうに言った。

「わかりました。では」

剣一郎は立ち上がった。


その夜、夕餉を済ませ部屋にいると、庭にひとの気配がした。

「太助か」

剣一郎は声をかけた。

「はい」

太助が濡縁《ぬれえん》までやってきた。

「わかりました」

「もうわかったのか。まあ、上がれ」

「足が汚れているので濯《すす》がないと」

「では、早く勝手口に。それから、そのまま飯を食ってこい」

「いえ、その前に報告だけ」

庭先に立ったまま、太助は続けた。

「本町三丁目の『白扇堂』に行ってきました。番頭の佐七さんによると、卯助は、以前は錠前屋《じょうまえ》だったそうです。なんでも、錠前の修理の腕がいっこうに上がらず、商売替えを考えたと言っていたそうです」

「錠前屋か」

剣一郎は眉根を寄せ、

「わざわざ錠前の修理の腕が上がらないと言っていたのも気になる」

「へえ、それで他の錠前屋を探し、卯助のことをきいてみたんです。そしたら、卯助のことを覚えている男がいました。卯助は錠前の修理の腕はかなりのものだったそうです」

「ほう。かなりのものか」

剣一郎の頭の中で幾つかの事実が交錯《こうさく》した。

弟の亀二も野菜の棒手振りから煙草売りに変わった。その亀二は神田明神の境内で百合を助ける以前にどこかで見ていた可能性がある。百合は夜中に庭を散策することがある。藤森家の屋敷を見ていた煙草売りがいたが、亀二のように思える。卯助は錠前の修理の腕がいいのに小間物屋に商売替えをした。卯助は材木問屋の『飛騨屋』の様子を窺《うかが》っていた。『飛騨屋』は藤森兼安に付け届けをしていた。その品物は土蔵に仕舞っていたが、知らぬ間に盗まれた……。

これらの事実が一点で交わった。

卯助と亀二は藤森兼安の屋敷に忍び込み、土蔵を破って付け届けの品物を盗んだのだ。引き上げるとき、亀二は散策していた百合を見たのではないか。

そこで、亀二は一目惚れをしてしまった。

卯助の言葉が蘇る。

「確かに百合さまに一目惚れをしましたが、百合さまに対してだいそれたことは考えていません。ただ、百合さまのそばにお仕えし、お守りしていきたいと願っただけなんです。なかなかわかってもらえないと思いますが、亀二はそういう男なんです」

亀二が百合を守ろうとする気持ちは本物だ。

卯助と亀二はふたりで武家屋敷に忍び込んで盗みを働いていたのかもしれない。しかし、被害の届けはない。世間体を考えてのことと、盗まれたのが少額だったからではないか。

「どうやら、卯助と亀二は武家屋敷を狙う盗人《ぬすっと》だった可能性がある」

そう言い、剣一郎はその根拠を説明しようとしたが、

「太助、その前に飯を食ってこい」

と、急《せ》かした。

「はい、では」

太助は勝手口に向かった。

剣一郎はひとりになり、改めて卯助と亀二のことを考えた。

卯助は錠前を破るのはお手の物だ。問題はどうやって屋敷に忍び込むか。亀二は大柄で力が強そうだ。卯助が亀二の手を借りて塀を攀《よ》じ登る。剣一郎はふたりの手口を想像したが、間違っていないだろう。

ふたりは盗んだ金を貯めて商売をはじめる元手にしようとしているのではないか。だが、藤森兼安の屋敷に忍び込んでから事態は急変した。

亀二が藤森兼安の妾、百合に一目惚れをしてしまったのだ。

これにより、盗人稼業は中断した。

太助が戻ってきた。

「ちゃんと食ってきたか」

「はい。かなり食べました」

太助は腹をさすってから、

「卯助と亀二が武家屋敷を狙う盗人だったという話ですが」

と、口にした。

「こういうわけだ」

剣一郎はふたりが盗人だと考えた経緯を話した。

太助は頷きながら聞いていたが、

「でも、被害がわかっているのは藤森さまのところだけですね」

と、確かめた。

「そうだ。だから、藤森さまのところがはじめてかもしれぬ。だが、届けが出ていないだけで、他にも盗みを働いている可能性もある」

「すると、ふたりはどうなるのですか。捕まってしまうのですか」

太助は表情を曇らせて、

「卯助はそんな悪い奴には思えないんです。それに、おしんさんという許嫁もいますし」

と、庇《かば》うように言った。

「お縄になる前に、盗みをやめさせればいい」

「ぜひ、そうしましょう」

太助は強く言う。

「太助、どうした？　やけに卯助の味方をするではないか」

「そうじゃありません。ただ……」

「ただ？」

「すごく弟思いじゃないですか。ふたりで盗みをやっていたなら、弟が抜けるのはかなりの痛手でしょう。それなのに、奉公したい弟のために骨を折って。いい兄貴なんだろうなって」

太助はしみじみ言う。

「そうか。太助は一人っ子だから兄弟がうらやましいのだな」

剣一郎はふいに目を細め、亡き兄に思いを馳《は》せた。

「太助、わしにも兄がいた」

「えっ、青柳さまに兄上さまが？」

太助は驚いたように言い、

「兄上さまはどうなさったのですか」

「亡くなった」

「どうしてですか」

太助は真剣な眼差しできいた。

「わしがまだ十代のころだ。兄と外出した帰り、ある商家から引き上げる強盗一味と出くわしたのだ。当時、与力見習いの兄は敢然《かんぜん》と強盗一味に立ち向かって行った。だが、わしは真剣を目《ま》の当たりにして足がすくんでしまった」

「青柳さまがですか」

「そうだ。三人まで強盗を倒した兄は、四人目の男に足を斬《き》られてうずくまった。男はさらに斬りかかろうとした。兄の危機に、わしは助けに行くことが出来なかった」

剣一郎の脳裏《のうり》にそのときのことが昨日のことのようにまざまざと蘇ってくる。

「兄が斬られてはじめてわしは逆上して強盗に斬りかかったのだ。あのとき、わしがすぐに助けに入っていれば、兄が死ぬようなことはなかったのだ。このことはわしを生涯苦しめることになった」

「青柳さまにそのようなことがあったなんて……」

太助は信じられないというように首を横に振った。

「太助。わしがなぜ、青痣与力と呼ばれているか知っているな」

「はい。青柳さまはたまたま町を歩いていて押込みに遭遇し、ひとりで賊を退治した。そのとき頬に受けた傷が青痣となった。その青痣が勇気と強さの象徴として人々の心に残ったと聞いています」

太助は説明した。

「世間が勝手によいように解釈してくれたのだ」

「でも、その後数々の難事件を解決に導き、江戸の町の平穏と安心を守っていく姿に、町の者は畏敬《いけい》の念を込めて青痣与力と呼んでいるのではありませんか」

「わしが押込みに遭遇して単身で踏み込んだのは、決して勇気からではなかった。兄への負い目から逃れようと無謀な真似をしただけなのだ」

剣一郎は自嘲《じちょう》した。

「兄が生きていたら、わし以上に江戸の者に慕《した》われていたことだろう」

「…………」

「太助、卯助と亀二を助けてやろう」

剣一郎は強い勢いで言った。

「はい」

太助も元気な声で応じた。

翌早朝、剣一郎は太助を伴い、豊島町一丁目の裏長屋に卯助を訪ねた。

連日の訪問に、卯助は上がり框まで出てきて、

「青柳さま。まだ何か」

と、窺うようにきいた。

「じつは確かめたいことがあってな」

「はあ」

「そなたは小間物屋をやる前は錠前屋だったそうだな」

「……………」

卯助からすぐに返事はない。

「どうなのだ？」

「へえ。そのとおりで」

「なぜ、錠前屋をやめたのだ？」

「自分には向いていないと思いまして」

「錠前屋の仲間うちでは、錠前の修理の腕はかなりの評判だったというが」

「いえ、そんなことはありません」

「同じ時期に、亀二は棒手振りから煙草売りに、そなたは小間物屋に商売替えをしているな」

「たまたま、そうなりました」

「たまたまか」

剣一郎は卯助の目を見据えた。

「へえ」

卯助は目を逸《そ》らした。

「錠前の鍵を開けることは容易なのではないか」

「とんでもない。そこまでの腕はありません」

卯助はあわてて言う。

「そうかな」

剣一郎は微かに微笑み、

「錠前屋時代のそなたの客を探し出して訊《たず》ねれば、そなたの腕はわかるというものだ」

「…………」

卯助は顔色を変えた。

「そうなると、そなたが錠前屋をやめた理由が他にあるのではないかという疑いが浮上する」

「何もありません。小間物屋のほうが稼ぎがいいので」

「そなたは駿河台の武家地をまわっていたな」

「へえ、そこだけではありません。他もまわっています」

「皆、武家地ではないか」

「…………」

「亀二がはじめて百合どのを見かけたのは神田明神の境内ではない。それ以前に、どこかで亀二は百合どのを見ている。違うか」

「いえ、そんなことはありません」

「藤森家の門を窺っていた煙草売りを見たことがある。今から思えば、亀二だったのではないか」

剣一郎は迫る。

「亀二は屋敷から出て来た百合どののあとをつけた。百合どのは神田明神に行った。そこで百合どのはならず者に絡まれた……」

　卯助は俯いている。

「百合どのは眠れないときに夜中に庭を散策することがあるそうだ」

　卯助の肩が震えた。

「卯助。そなたの夢はなんだ？」

　いきなり、剣一郎は話を変えた。

「夢……」

「亀二といっしょに店を持ちたいのではないか。弟思いのそなたは、亀二のために店を持たしてやりたいと思っていたのではないか」

「へえ、そうです。亀二はやさしくて純粋で、ひとがいい。生き馬の目を抜くような世間をうまく渡れるか心配なんです。だからいっしょに商売をやり、うまくいきはじめたら亀二にやらせようと思ってました。でも、亀二は百合どのに自分の命を懸《か》けると決めてしまいました。亀二は何も悪いことはしていません」

「………」

「亀二がそう決断したことは、ふたりにとっても幸いだったことがある」

「これでふたりで手を組んでやってきたことが出来なくなったことだ」

卯助が弾《はじ》けたように顔を上げた。

「卯助。弟のために店を持つ。素晴らしい兄弟愛だ。だが、てっとり早い手立てで金を稼いで商売をはじめたとしても、うまくいくとは思えぬ。汗水流して働いた金で店を持つべきではないか」

卯助は口を半開きにした。

「今からでも遅くない。心を入れ替えるのだ。そうじゃないと、おしんまで不幸にしてしまう」

「青柳さま……」

卯助は声を震わせた。

「藤森さまの屋敷に忍び込み、土蔵から何かを盗んだな？」

剣一郎は鋭く迫った。

「恐れ入りました。そのとおりでございます」

「土蔵から盗んだものは？」

「桐《きり》の小箱に入ったお菓子と三百両です。箱に材木問屋『飛騨屋』の刻印がありました」

「その小箱はどこにある？」

「床下です」

卯助は立ち上がり、壁際の畳を持ち上げ、床板を剝《は》がした。そして、腹這《はらば》いになって床下を覗《のぞ》いた。

木箱と膨《ふく》らんだ巾着《きんちゃく》を取り出した。

居住まいを正して、卯助は木箱を差し出した。

「これです」

太助が受け取り、紐《ひも》を解き、蓋《ふた》を開けた。

上に饅頭《まんじゅう》が、二重底の下に小判が並んでいた。

「三百両です」

太助が数えて言う。饅頭はすっかり硬くなっていた。

「そなたは木場の『飛驒屋』の様子を窺っていたな。なぜだ？」

剣一郎は卯助にきいた。

「この刻印がほんとうに『飛驒屋』のものか、それと主人の顔を見ておこうと」

「それだけか？」

「へえ」

「正直に言うのだ」

「もし、あっしらの仕業《しわざ》だとわかったら『飛騨屋』がどんな仕返しをするかわからないと不安になったんです。それで『飛騨屋』の主人はどんな男か見ておこうと思ったんです」

「どう思った？」

「主人の金右衛門は鋭い目つきの男で、どこか無気味に感じました。それに、川《かわ》並《なみ》の連中など、屈強な男たちが多く、怖いと思いました」

「そうだ、これを持っていたら、いつも怯《おび》えて過ごさねばならない。これはわしが預かろう。よいな」

「もちろんでございます」

「よし」

「それからこれが今まで盗んだお金です」

「百両以上あるな」

「はい」

「盗みに入った武家屋敷の名を覚えているか」

「覚えています」

「では、屋敷の名と盗んだ金の額、そして忍び込んだ日にちを紙に書き記《しる》すのだ」

「わかりました」

「あとでとりに来る」

「へい。畏まりました」

「もう二度と盗みを働くではない。よいな」

「あっしにお縄は？」

「盗まれた被害がわかっているのは藤森さまのところだけだ。だが、盗んだ金も戻ってきた。これでそなたらの罪が帳消しになるわけではないが、盗んだ金に一銭も手をつけていない。もう二度と盗みを働かないということで、今度だけは目をつぶる」

「青柳さま」

卯助は涙ぐんで手をついた。

「おしんとともに地道に働いて店を持つのだ。よいな」

「ありがとうございます」

涙が卯助の頰を濡らしていた。

剣一郎は太助と共に卯助の家を出た。

五つ（午前八時）になり、長屋の男連中が仕事に出かけて行くところだった。

五

翌日は朝から雨が降っていた。まだ、夜は明けていない。暗い中、亀二は笠をかぶり合羽《かっぱ》を着て、井戸と勝手口を何度も往復した。

雨は顔にも容赦なく当たっていた。

最後の水を汲み終えて勝手口に行き、大瓶《おおがめ》に入れた。空《から》の桶《おけ》を勝手口を出た脇に置き、小屋に戻った。

笠をとり、合羽を脱ぐ。着物まで濡《ぬ》れていた。手拭いで顔を拭く。

休む間もなく、亀二は今度は番傘を差して勝手口に戻り、竈《かまど》に薪《まき》を詰め、火をつけた。

その間に、味噌《みそ》蔵から味噌を、魚蔵や野菜蔵からも必要なものを持ってきた。

台所では女中たちが朝餉の支度《したく》にかかった。台所は殿様や家族などの食事を作る上台所と、家臣、奉公人などの食事を用意する下台所に分かれていた。

下台所の隅で、ようやく亀二が朝餉にありついたのは五つ（午前八時）近くになってからだった。焼き魚の半切れにたくわんとお浸し、それに身が残っていないおみおつけだ。長屋にいるときは、納豆売りや豆腐屋がやってきて、もう少しいいものを食べていた。それでも、亀二は今の暮らしに文句はなかった。すぐそばに百合がいる、自分が百合を守っているのだという思いが気分を高揚させている。

だが、激しく降る雨は恨《うら》めしかった。百合は庭の散策に出てこない。今日は百合の姿を見ることは出来ないのだ。

朝餉を済ませ、片づけ物をしたあと、亀二は小屋に戻った。この雨では、庭の掃除も薪割りも出来ない。

昼前に、亀二は奥の館が見えるところに行った。奥様のいる部屋と廊下をはさんで百合のいる部屋がある。百合が出てくるかもしれないと思ったが、その気配はなかった。

七つ(午後四時)ごろ、殿が城から帰ってきた。乗物が玄関前に横付けされた。

その乗物の脇に最近見かけるようになった侍がいた。殿が昔、火盗改めの頭をしていたときの配下で、糸崎伊十郎という。先日も一度見かけた。

若党の大原源次郎の話では、殿の警護のために来ているらしい。藤森兼安は命を狙われているのだ。

糸崎伊十郎以外にも昔の配下の侍が交替でやってきている。藤森兼安が火盗改め頭のときには毎日のように顔を合わせていた仲なので、糸崎たちは屋敷に詰めることになんのわだかまりもなかったようだ。

亀二の関心は百合だ。何があっても百合は自分が守る。

雨は夕方になっても降り続いた。亀二は風呂を掃除し、新しい水を井戸から汲んで運び、薪をくべて火を点《つ》けた。

女中たちは夕餉の支度《したく》にかかっている。

亀二は一番最後に夕餉をとり、小屋に戻った。

夜が更《ふ》けても雨脚は弱まりそうになかった。見廻りの侍がふたり一組で小屋の前を通って行った。

四つ（午後十時）ごろになった。亀二はさっきから落ち着かなかった。胸騒ぎがしてならない。

笠をかぶり、合羽を羽織って、小屋を出た。奥の館のほうに向かう。雨音が激しく、足音はかき消される。

殿の部屋の明かりが消えた。百合の部屋のほうはすでに暗い。雨脚が強いので視界が悪い。表館に向かう渡り廊下に黒い影が走ったような気がして目を凝《こ》らしたが、何も見えなかった。

がんどうの明かりが見えた。見廻りの侍だ。亀二は小屋に戻った。

ふとんに入ったが、寝つけなかった。屋根を打つ雨音がやけにうるさく感じた。亀二は目を開けた。

真っ暗な小屋の天井を見る。隅の方で雨漏りがしていて雨垂れが落ちている。

亀二は起き上がった。

落ち着かない。この雨は忍び込むには有利に働くのではないか。自分が忍び込んだ場所からなら屋敷に入り込めるのだ。あの松の樹の枝に縄をかければいいのだ。そのことを大原に告げるべきか迷ったが、かえって疑われると恐れ、言わず仕舞いだった。

藤森兼安を狙っているのは押込みの流れを汲む連中だ。当然、あの松の樹の存在に気付くだろう。

そう思ったとき、居ても立ってもいられなくなった。

亀二は笠をかぶり合羽を羽織り、小屋を出た。雨は音を立てて降っている。

小屋を出て、母家《おもや》に沿って裏口に向かった。あちこちに水たまりが出来、ぬかるみに足をとられそうになる。

「誰だ？」

いきなり鋭い声がした。亀二はびくっとして立ち止まった。

振り向くとがんどうの明かりが顔に当たった。

「おまえは亀二」

「あっ、大原さま」

若党の大原源次郎だった。横に糸崎伊十郎がいた。

「こんな夜更けに何をしている？」

大原が叱るようにきく。

「胸騒ぎがして眠れません。それで気になって裏口を確かめに」

「そなたがなぜそこまでするのだ？」

糸崎が不審そうにきいた。

「百合さまを狙う賊が忍び込むかもしれませんので」

「百合さま？」

「糸崎どの。この者は百合さまを守ろうとしているのです」

大原がとりなす。

「そうか。裏口はちゃんと閉めてあるのを確かめた」

糸崎伊十郎が答える。

「でも、もう一度、確かめたほうが」

亀二は訴えるように言う。

「よし」

大原は素直に頷き、裏口に向かった。

裏口につくと、大原ががんどうの明かりを向けた。ちゃんと閂《かんぬき》がかかってい
た。

「大事ない」

大原は安心したように言う。

「大原さま」

「なんだ？」

「念のために、松の樹の辺りを調べてもらえませんか」

「松の樹だと？」

「いつぞや、庭の掃除をして松の樹を見たとき、心配になったんです」

「なにがだ？」

「塀の外から松の枝に縄をひっかければ簡単に塀を乗り越えられると」

「ばかな」

大原が言う。

「大原どの。念のためだ。確かめよう」

糸崎伊十郎は積極的に言う。

「わかった。亀二、案内せよ」

「はい」

亀二は植込みの中に入った。

草木を分けて行った先に松の樹が現われた。

「あれです」

「よし」

大原は松の樹にがんどうの明かりを向けた。

枝に縄がかかり、塀の外に垂れていた。

「なんだ、これは」

大原が叫んだ。

「まずい、敵はすでに侵入している」

糸崎が叫び、踵《きびす》を返した。

大原もあとを追った。亀二もかけた。

琴野や百合のいる奥の館に近づいたとき、悲鳴が聞こえた。渡り廊下に覆面の侍が抜き身を下げて立っている。

駆けつけた大原と糸崎を見ると逃げ出した。

亀二は奥の館の玄関に廻って飛び込んだ。男子禁制の場所だと考える暇はない。危急のときだ。

廊下に上がり、亀二は百合の部屋に向かった。

激しい物音がした。亀二はその部屋に駆け込んだ。行灯《あんどん》の明かりに、黒装束の賊が百合に匕首《あいくち》を突き付けている光景が浮かび上がった。

「待て」

亀二は叫んだ。

賊が振り返った。

「俺が相手だ」

亀二は叫ぶ。

「無手《むて》か」

賊は呟き、匕首をかざした。亀二はいきなり賊に頭から突進した。賊は予期しない動きにあわてたようだ。亀二は賊の胴を抱えて押し倒した。

亀二は持ち前の力で、相手を組み敷いた。

「顔を見せろ」

亀二は頰被りの黒い布をとった。獅子鼻の男だ。

「やはり、植木職人に化けていた男か」

そのとき、百合が悲鳴を上げた。別の男が百合に襲いかかろうとしていた。亀二は起き上がり、またも賊に向かって突進した。

しかし、賊に体《たい》をかわされてつんのめった。が、すぐに体勢を立て直して百合をかばうようにして賊と対峙《たいじ》した。

頰被りをしていても細面で頰骨が突き出ているのがわかった。

「逃げろ」

男は叫ぶなり、いきなり体の向きを変えた。獅子鼻の男も立ち上がって駆けだした。

亀二は追った。庭で争う声が聞こえた。

百合が気になって戻った。

「百合さま。お怪我は？」

亀二はきいた。

「だいじょうぶです。また、亀二さんに助けてもらいましたね」

百合が落ち着いた声で言った。

「あっしの名前を覚えてくださったのですか」

ありがてえと、亀二は感動で打ち震えた。

女中も駆け寄ってきた。

「百合さま」

「だいじょうぶです」

亀二ははっとした。男は出入りをしてはいけない奥に入り込んだことに気づいて、

「申し訳ありません」

と謝り、あわてて部屋を出て行った。

遠くのほうで騒ぎ声がしていた。雨脚は少し弱まっていた。

男の叫び声が聞こえた。亀二はずぶ濡れになりながらそのほうに駆けた。

裏口の近くで、糸崎と大原が覆面の侍ふたりとそれぞれ剣を交えていた。が、覆面の侍のほうが圧倒していた。

さっきの頰骨が突き出た男と獅子鼻の男が裏口に駆けて行き、閂を外した。

指笛が鋭く鳴った。

覆面の侍がふたりとも裏口に向かって駆けた。糸崎と大原が追ったが、賊は裏口を飛び出して行った。

「追え」

他の侍たちが裏口を出て賊のあとを追った。

「逃げられたか」

大原は無念そうに言う。

そのとき、若い侍が血相《けっそう》を変えて駆けつけた。

「殿が、殿様が……」

「殿がどうした?」

大原が叫んだ。

亀二は藤森兼安が最悪の事態に陥ったことを察した。

大原と糸崎は悲鳴のような声を上げながら奥の館に駆けて行った。

第四章　告白

一

朝陽が燦々《さんさん》と藤森兼安の屋敷の庭に射していた。雨は夜半には上がった。

剣一郎が知らせを受けたのは明け方だった。耳を疑った。藤森兼安がむざむざと賊《ぞく》に斬られたことは信じられなかった。

藤森兼安は居間で北枕に寝かされていた。傍《かたわ》らには嫡男《ちゃくなん》の小四郎《こしろう》がいた。小四郎は先妻との子で、二十歳になる。

剣一郎は線香を上げ、手を合わせてから、顔をおおっていた白い布をとった。寝ているところを襲われ、刀を抜く間もなかったのか、無念そうに顔が歪《ゆが》んでいた。喉《のど》に傷が見えた。喉を剣で突き刺されたようだ。藤森ほどの一刀流の使い手がこのような傷を負うとは……。賊はかなりの腕前の持ち主なのか。藤森家の家来の包囲をものともせずに逃げ果せたことからも、並大抵《おおなみ》の腕ではないことがわかる。

剣一郎は亡骸《なきがら》にもう一度手を合わせ、その場から下がった。

別間に、高坂喜平と大原源次郎が沈痛の面持ちで待っていた。

剣一郎が腰を下ろすのを待って高坂が口を開いた。

「まだ悪夢を見ているようです」

高坂は沈んだ声で言う。

「あれほど厳重な警戒をしておきながら、悔しいの一言です」

大原は唇《くちびる》を噛《か》んだ。

「状況を教えていただけませんか」

剣一郎は促《うなが》した。

「一番の誤算は昨夜の激しい雨です。雨脚が強く、視界も悪く、物音も雨の音でかき消されていました。そのために、賊の侵入にまったく気づかなかったのです。異変に気づいたときには賊は奥の館に押し入っていたのです」

大原はやり切れないように言う。

「異変に気づいたのは誰ですか」

「亀二です。胸騒ぎがすると夜更けに起きだしてきて、庭で我らと出くわしたのです。そこで、塀の近くにある松の樹の枝のことを言い出して確かめに行きました。そしたら、枝に縄が絡《から》んでいました。それで賊が侵入したとわかったのです」

大原は息を継ぎ、

「奥の館に行くと、覆面をした侍が抜き身を下げて渡り廊下に立っていたのです。侍はふたりおりました。我らに気づいて逃げだしたので、糸崎どのと追いました」

「糸崎どのも来ていたのですか」

「はい。夕方から、雨の中を何度も私といっしょに見廻ってくれました。それで私と糸崎どのとで覆面の侍を追ったのですが、逃げられてしまいました。この騒ぎにも、他の者は気づかなかったのです。雨の音が邪魔をしていたのです。すでに、そのとき殿は……」

「そうでしたか」

剣一郎もやりきれなくなった。

「そのあと悲鳴が聞こえ、百合さまが賊に襲われていました。それをまたも亀二が助けたのです」

「亀二が？」

百合を守ることを生きがいにしている亀二は本望《ほんもう》だったろう。

「百合さまを襲った賊はふたり。ひとりは植木職人に化けた獅子《しし》鼻の男で、もうひとりは細面の頰骨《ほおぼね》の突き出た男だったそうです」

「頰骨の突き出た男？」

「糸崎どのは天馬の十蔵の手下だった半吉に違いないと言ってました」

「すると、賊の人数は？」

「確認したのは四人です」

「四人……」

たった四人で押し込んだことが意外だった。

「糸崎どのは、十蔵の伜《せがれ》が見当たらなかった、どこかに潜《ひそ》んでいたのではないかと言ってました。そうすると五人です」

「五人ですか」

狙う相手がひとりなら少人数で十分だが、藤森兼安は一刀流の使い手だ。警戒態勢の中で襲うにしては少なすぎるような気もするが……。

「賊はかなりの使い手だったようですね」

「特にひとりは相当な使い手でした。あの糸崎どのが圧倒されていましたから」

大原は顔をしかめた。

「ところで、百合どのを襲った男と半吉は同じ仲間だったということになりますね」

「ええ。そこが解《げ》せません」

「こうなれば、奥様から事情を聞かねばなりません」

「奥様はかなり動揺しており、今も寝込んでいます」

高坂が口を入れた。

「では、しばらくは話を聞けませんか」

「残念ですが……」

高坂は表情を曇《くも》らせた。

「奥様が百合どのを嫉妬《しっと》から憎んでいることを、半吉と十蔵の子は何らかのことで知ったのでしょう。それが復讐に役立つとは思えませんが、なぜ、百合どのを襲ったのか」

剣一郎は首をひねった。

「少し庭を検《あらた》めさせていただいてよろしいでしょうか」

「ええ、ご案内します」

大原が立ち上がった。

玄関から庭に出て、剣一郎はまず奥の館に向かった。

表館の脇を通り、奥に向かうと、渡り廊下が見えてきた。覆面の賊が立っていたという廊下だ。奥の寝間で藤森を殺して引き上げてきたところだったのか。

「ここに警護の侍が控えておりましたが、斬られていました」

大原が厳しい顔で言った。

「そのとき百合どのはまさに襲われているところだったのですね」

「ええ。私は百合さまが危ない目に遭《あ》っているなど想像だにせず、糸崎どのと共に目の前の賊に向かっていったのです。覆面の賊はもうひとりいましたから」

「亀二が百合どのの部屋に駆け込んだのですね」

「そうです。亀二がいなかったら百合さまはどうなっていたか。奥様は下働きの男が奥の館に踏み込んだのは無礼千万だと怒っておいでですが、火急のことだからとなんとかなだめました」

「そうですか」

館を廻《まわ》り、それから裏口のほうに向かった。

さらに、松の樹まで行く。すでに、枝に縄はかかっていなかった。

「枝に縄がかかっているのを見て、糸崎どのが敵が侵入していると言い、館のほうに駆けだしたのです」

剣一郎はもう一度、さっきの渡り廊下のところまで行った。

「ここまで来たときに、渡り廊下に覆面の侍が抜き身で立っていたのですね」

「そうです」

「覆面の侍はそこで何をしていたのでしょうか」

剣一郎は疑問を口にする。

「そのときは、すでに藤森さまを斬ったあとでしょう。早く逃げなければならないのに、なぜ渡り廊下に……」

「そうですね。表のほうに行こうとしたのでしょうか。いや、そんなことする必要はないですね」

「ええ。目的を果たしたのなら、なぜ闇《やみ》にまぎれて逃げようとしなかったのか」

「百合さまを襲った仲間を待っていたのでは？」

「確かに、その時点では百合どのを襲ったふたりはまだ目的を果たしていませんでしたから、片づけるのを待っていたということは十分に考えられます。でも」

「四人は同時に館に押し入り、二手に分かれたのでしょう。藤森さまには侍ふたりが、百合どのにはならず者が。しかし、百合どののほうが手間取っている。藤森さまを襲ったふたりは目的を果たしたのに、百合どののほうはまだ襲いかかる前だった。なぜ、百合どののほうが遅れたのか」

剣一郎は首を傾《かし》げた。

剣一郎はそのことが気になった。

百合を襲ったふたりが手間取っていたために、亀二は間に合ったのだ。だが、藤森兼安のほうは間に合わなかった。

なぜだ、と剣一郎は顎《あご》に手をやった。

「そのことは重要ですか」

大原がきいた。

「大事かどうかわかりませんが、何か事情があったのではないかと思いまして。たいしたことではないかもしれませんが」

剣一郎の頭にもやもやしたものが浮かんでいた。何か、引っ掛かっている。それが何か、簡単な答えなのに思いつかないもどかしさに、剣一郎は歯ぎしりをする思いだった。

「亀二に会いたいのですが」

剣一郎は頼んだ。

「わかりました。こちらに」

勝手口の近くにある小屋に大原は向かった。

戸の前に立ち、

「亀二、いるか」

と、大原は声をかけて戸を開けた。

部屋の真ん中で、亀二はぽつねんとしていた。

「あっ、大原さま」

「亀二、青柳さまが話を聞きたいそうだ」

大原は声をかけてから、剣一郎に顔を向けた。

「では、私は戻っています。奥様や高坂さまを交え、今後の相談をしなければなりませんので」

「わかりました。私はこのまま引き上げますので」

大原は一礼して去って行った。

改めて、剣一郎は亀二を見た。

「またお手柄であったな。百合どのを助けたそうな」

「はい。ただ夢中でした。でも、殿さまがあんなことになって……」

亀二は複雑そうな顔をした。

「うむ。わしもまさか藤森さまがという思いでいっぱいだ」

剣一郎は応じて、

「だが、そなたがいなければ百合どのも犠牲になっていたかもしれぬのだ。よくやったと言いたい」

と、亀二を讃《たた》えた。

「ありがとうございます」

「ところで、そなたが松の樹の枝のことを大原どのと糸崎どのに告げ、それで賊が侵入したことがわかったのだな」

「そうです。あっしは強い雨のせいか、胸騒ぎがしてならなかったのです。もしや、松の樹の枝を使って賊が侵入してはいないか不安になって、そこに行こうとしたら見廻りの大原さまと糸崎さまにお会いしたのです」

「うむ」

剣一郎は大原の話と照らし合わせ、

「松の樹の枝に縄が引っ掛かっているのを見て、すでに賊が侵入していると思い、館のほうに駆けて行ったということだな」

と、確かめた。

「そうです。そしたら、渡り廊下に覆面の侍が立っていました。あっしは百合さまのほうが心配で……」

「そなたが百合どのの部屋に駆けつけたとき、賊はすでに部屋に入り込んでいたのか」

「はい。今まさに匕首《あいくち》で斬りつけようとするところでした」

「賊はひとりだったのか」

「そのときはひとりでした。あとから、もうひとり入ってきました」

「あとからか。その者はどこにいたのか」

「わかりません」

「その時点では、すでに藤森さまは斬られていた。四人の賊が同時に館に侵入し、二手に分かれて藤森さまと百合どのの部屋に押し入ったのではないか。だが、百合どのの襲撃のほうに手間取っている。そのことが気になるのだ」

「そういえばそうですね。渡り廊下にいた覆面の侍は藤森さまを斬って逃げるところだったでしょうから」

亀二もそのことを不審に思ったようだ。

「そなた、何か違和感を持ったとか、気になったことかはなかったか」

剣一郎は期待してきいた。

「いえ、特に何も」

「そうか」

剣一郎は頷《うなず》き、

「百合どのを助けることが出来たのは、そなたが大原どのたちを松の樹まで案内したからだ。もし、それがなかったら、手遅れになっていただろう」

「今思うと、ぞっとします」

「そなたが松の樹の枝のことに気づいたおかげだ。ところで、なぜ、そなたはそのことに気づいたのだ？」

「庭の掃除をしていて松の樹のところに行ったとき、枝が塀のほうに伸びているのを見て何か危ないなという気がして……」

亀二は顔を俯《うつむ》けながら話した。

「ほんとうにそれが理由か」

「そなたがはじめて百合どのを見たのはどこだ？」

「えっ」

亀二はうろたえながら、

「神田明神の境内で、ごろつきに絡まれているところに居合わせて」

「わしはそれ以前に、そなたがこのお屋敷の門を見ていたのを知っている」

「………」

亀二は目を見開いた。

「百合どのは眠れぬ夜には夜中に庭を散策することがあるそうだ」

亀二の顔色が変わった。

「そなたが百合どのを見たのはこの屋敷の庭でではないか」

「そ、それは……」

「土蔵からある品物が盗まれた。材木問屋『飛騨屋』からの付け届けの品だ。どうだ、心当たりがあるな」

「………」

「どうした？」

剣一郎は鋭《するど》くきいた。

「すみません。これはあっしだけの問題じゃないので」

亀二は苦しそうに言う。

「兄に迷惑がかかるからか」

「…………」

「亀二。卯助がみんな話してくれた」

「えっ」

「そなたとふたりで武家屋敷に忍び込み、土蔵から金を盗んでいたこともな。今まで盗んだ金には一銭も手をつけていなかった」

「青柳さま」

亀二はいきなり泣き声で訴えた。

「兄貴は鈍重なあっしをなんとかしようとして金を稼ごうとしたんです。悪いのはあっしなんです。兄貴は悪くないんです。どうか、兄貴にはご慈悲を」

「そなたがひとりで罪を背負うというのか」

「はい。悪いのはあっしなんです。兄貴はおしんさんと所帯《しょたい》を持つんです。どうか、兄貴を助けてください」

亀二は哀願した。

「卯助も同じようなことを言っていた。弟は悪くないとな。弟思いのいい兄ではないか。そなたが百合どのに一目惚《ひとめぼ》れをしたおかげで、そなたたち兄弟は旗本屋敷に忍び込むことはなくなった。それでよかったのだ。卯助もこれから地道に働いた金で店を持てるように頑張るそうだ」

「兄貴はお縄になってはいないのですか」

「被害の届けは出ていない。ということは盗みはなかったということだ」

剣一郎は言い、

「卯助は二度と過《あやま》ちを犯しはしまい。そなたも純粋な気持ちで体を張って百合どのを守った。そういう男はもう二度と、人さまのものに手をつけるようなことはしないだろう」

「青柳さま。それじゃ、あっしたちを……」

亀二は手をついて、

「ありがとうございます」

と、畳に額《ひたい》を押しつけた。

「さっきの襲撃の件で、何か思いだしたことがあったら教えてもらいたい」

「へい」

亀二は涙に濡《ぬ》れた顔を上げた。

「では、わしは行く」

剣一郎は戸口に向かったが、途中で振り返り、

「藤森さまが亡くなり、百合どのの境遇も大きく変わるだろう。実家に帰ることになるかもしれぬ。そなたも今後どうするか考えておくがいい」

と、忠告した。

「あっしは生涯、おそばにお仕えし、百合さまをお守りしていきたいんです」

亀二は真摯《しんし》な眼差《まなざ》しを向けた。

「それで、そなたは仕合わせか」

「はい。それで満足です」

亀二はきっぱりと言った。

「何の見返りもないかもしれぬ。それでもよいのか」

「はい。こういう気持ちを持つことが出来ただけでも、百合さまに感謝しています」

「そなたの思いは、百合どのには負担にならぬか」

「…………」

「もし、百合どのがそなたの気持ちを迷惑だと思っていたらどうする気だ？」

「…………」

亀二は押し黙った。

「亀二、いずれ折りを見て、百合どのに自分の思いの丈《たけ》を正直に伝えるのだ。その上で、百合どのがそこまでしてもらうのは気が重いということであれば、素直に引き下がれ。それが百合どののためでもあり、そなたのためでもあろう」

亀二は俯いて聞いていたが、ふいに顔を上げた。

「あっしは一方的に自分の思いを貫くことばかり考えて、百合さまのお気持ちをまったく考えませんでした。仰《おつしや》るとおりにいたします」

「それがいい」

剣一郎は言い、改めて戸に手をかけたが、また振り返った。

「亀二、真心は必ず相手に通じる」

「青柳さま」

「では」

剣一郎は小屋を出た。

そのまま門に向かったとき、乗物が門を入り、玄関に横付けされた。どこぞの旗本が弔問《ちょうもん》に訪れたのであろうか。

剣一郎は乗物から降りた武士の横顔を見た。確か、前の勘定奉行で今は西《に》の丸《まる》御留守居役《おるすいやく》の大富甲斐守治貞《おおとみかいのかみはるさだ》だ。老中が大富甲斐守を遣わしたのか。勘定奉行が殺されたことで、幕閣も混乱しているようだ。

藤森兼安の死を知って、これから弔問客が続々と押し寄せて来るだろう。剣一郎はそっと藤森兼安の屋敷をあとにした。

二

奉行所に出て、すぐに剣一郎は宇野清左衛門に会いにいった。

「藤森さまが殺されたとはまことか」

清左衛門がきいた。すでに知らせは奉行所にも届いていた。

「今、屋敷に行ってきました。昨夜、賊が押し入って襲われたのです。天馬の十蔵の十年越しの復讐かと……」

「その件で、長谷川どのが呼んでいるのだ」

「わかりました」

清左衛門と剣一郎は内与力の部屋に行き、長谷川四郎兵衛と向かい合った。

「藤森さまが殺された。なぜ、防げなかったのだ?」

四郎兵衛は激しく剣一郎を責めた。

「長谷川どの。藤森さまは屋敷内で殺されたのだ。奉行所が立ち入ることは出来ない。青柳どのを責めるのは筋違いだ」

清左衛門は異を唱えた。

「しかし、賊は天馬の十蔵の生き残りだとわかっていたのだ。なんとか手を打てなかったのか」

「申し訳ありません」

剣一郎は素直に謝った。

「確かに、我らの探索にも足りないものがありました」

塩屋五兵衛に伊勢蔵と益次殺しの下手人がわからぬままだ。伊勢蔵殺しについては半吉が関わっていることは間違いないが、行方は摑《つか》めない。ただ、昨夜の藤森家の襲撃時に、亀二が対峙《たいじ》した賊は半吉のようだ。

しかし、それ以外、半吉の手掛かりはない。半吉を見つけ出せれば、天馬の十蔵の仵もあぶり出せるのだが……。

「いまさら、何を言っても仕方ない。だが、この先、天馬一味が復活して押込みをはじめたら、藤森さまを見殺しにした責任は倍加する。天馬一味が押込みをはじめる前に事件を解決せよ。南町の威信にかけてもだ」

「長谷川どの。藤森さまを見殺しにした責任とはどういうことか」

清左衛門がきっとなった。

「宇野さま」

剣一郎は清左衛門を引き止めた。

「私としても藤森さまを守れなかったことに忸怩《じくじ》たる思いがございます。ここは素直にお叱《しか》りを受け止めておきます」

「なれど」

清左衛門は不満そうだったが、渋々引き下がった。

年番方与力の部屋に戻ってから、剣一郎は与力部屋に戻った。すると、見習い与力が京之進が面会を求めていると告げた。

「すぐここへ」

剣一郎は見習い与力に言う。

すぐに京之進がやってきた。

「青柳さま。藤森さまが殺されたと聞きました」

「昨夜だ」

剣一郎は襲撃の様子を語った。

「なんと」

京之進は目を剝《む》いて、

「たった四人で押し入ったというわけですか」

「激しい雨だったために、警護の侍たちは賊が入り込んだことにまったく気づかなかったようだ。藤森さまも雨の音で忍び寄る賊に気がつかなかったのだろう」

「その中に半吉らしい男がいたのですね」

「おそらく半吉であろう」

「申し訳ありません。いまだに半吉を見つけ出すことが出来ず……。ただ、本所の石原町《いしはらちよう》に二カ月前まで頰骨が突き出た三十歳ぐらいの男が住んでいたことがわかりました。名は初次《はつじ》といい、指物師《さしもの》と名乗っていますが、どうやら博打《ばくち》打ちのようです。人相は半吉に似ていますが」

「本所か。益次は半吉は本所にいるのではと言っていたが」

「これまで何人か頬骨が突き出た三十歳ぐらいの男を見つけましたが、皆身許ははっきりしました。会えていないのはこの初次だけです」

「いつからそこに?」

「十年前からです。大家の話では店賃《たなちん》などはちゃんと払っていたとのこと。金には困っていないようだったと」

「十蔵の情婦や伜らしき男が訪ねてきたことは?」

「それらしき者は訪ねてきていません。近所にもそれらしき者は住んでいませんでした」

「そうか。気になるな。初次の行方を追ったほうがいい」

「わかりました」

「益次のほうはどうだ?」

剣一郎は話を移した。

「益次が殺された直後と思われますが、薬研堀から急ぎ足で去っていく侍を目撃した者がおりました。顔は見ていませんでした」

「その侍の手掛かりはないのか」

「はい、残念ながら」

「わかった。やはり、半吉を探すことが第一だ」

「はっ」

京之進は下がった。

剣一郎も立ち上がり、休む間もなく奉行所を出た。


剣一郎は牛込にある御先手組の組屋敷に糸崎伊十郎を訪ねた。

糸崎は今日は夜勤で夕方から出仕するということで、屋敷で寝ていた。

客間で待っていると、糸崎は腫《は》れぼったい目をしてやってきた。

「起こしてしまい申し訳ありません」

「いえ、横になっても眠れませんから」

「昨夜はたいへんでしたね」

「ええ。まさか、こんなことになるとは……」

糸崎は疲労の色を浮かべて吐息《といき》を漏らした。

「昨日は夕方から詰めていたのですか」

「ええ。朝から雨が降っていて、ひょっとしてこの雨を利用して押し入ってくるかもしれないと思い、大原どのとふたりで何度も庭の見廻りをしていたのですが、賊の侵入にまったく気づきませんでした」

「夜が更けての見廻りのとき、下働きの亀二に会ったそうですね」

「そうです。亀二は胸騒ぎがして裏口を確かめに行くところだと言いました。閂《かんぬき》がかかっているのを確かめてありましたが、念のために行ってみました。閂はちゃんとかかっていたのですが、亀二が松の樹の枝のことを言い出して」

糸崎は続けた。

「枝に縄がかかっているのを見て、すでに賊が侵入していると思い、急いで館に向かったのです。そしたら、渡り廊下に覆面の賊がいました」

「賊は渡り廊下で何をしていたのでしょうか」

「何を？」

「そのとき、すでに藤森さまを斬ったあとだったのでしょうね」

「そのはずです」

「だったら、なぜ逃げずに渡り廊下にいたのでしょうか」

「そうですね。そのときは夢中だったので、そのようなことを考える余裕はありませんでした」

「そうでしょうね。大原どのも同じでした。そのとき、もうひとりの侍はどこにいたのですか」

「渡り廊下の下の暗がりから飛び出してきました」

糸崎は思いだすように言う。

剣一郎は首をひねった。

「青柳さま。何か」

糸崎が不審そうにきく。

「ちょうどその頃、藤森さまの愛妾《あいしょう》の百合どのが襲われていたのです。危ういところを亀二が飛び込んで事なきを得ました」

「ええ、亀二はお手柄でした」

糸崎は亀二を讃えた。

「ええ、お手柄でした。でも、そこがひっかかるのです」

「はて、何がでしょうか」

「賊は四人です。覆面の侍ふたりは藤森さまの寝間に、半吉らふたりは百合どのの寝間に押し入ったと思われます」

「それが？」

「ええ、それなのになぜ藤森さまのほうは助けが間に合わなかったのでしょうか。百合どののほうは間一髪とはいえ間に合ったのに」

「…………」

「藤森さまは一刀流の使い手でした。藤森さまが何もできないとは」

「それは覆面の侍がかなりの使い手でしたから。私も苦戦し、ついに逃げられてしまいました」

「そうですか。それほどの使い手を十蔵の伜や半吉はどこで見つけたのでしょうか。ひょっとしたら、裏の世界では名の知れた刺客《しかく》かもしれませんね」

剣一郎は腕の立つ剣客に思いを馳《は》せるように言い、

「塩屋五兵衛どのを斬ったのも同じ侍でしょうね」

と、暗い顔をした。

「おそらく、そうでしょう」

「藤森さまは刀を抜いていなかったようですね？」

「鞘《さや》に入ったままでした。不意をつかれたのでしょう」

「そうですか。いずれにしろ、天馬の十蔵の十年越しの復讐が成就したわけです。考えてみれば、恐ろしい執念です」

「藤森さまを守ることが出来ず、胸が張り裂けそうです。我ら火盗改めの敗北ですから」

「ところで、なぜ、十蔵の倅は襲撃に加わらなかったのでしょうか」

剣一郎は疑問を口にした。

「そのことですが、我らが立ち向かった四人の賊のほかに、もしかしたらもうひとり忍び込んでいたのかもしれません。まだ、二十歳を過ぎたばかりの若者ですから、襲撃には直接加わらず、見届け役として陰から見ていたのかもしれません。なにしろ、あの雨で、視界はすこぶる悪かったですから」

「なるほど」

剣一郎が呟《つぶや》くと、糸崎があくびをかみ殺した。

昨夜は一睡もしていないはずだ。

「お休みの邪魔をして申し訳ありませんでした」

「今になって眠気が襲ってきました。今夜は藤森さまの通夜にお伺《うかが》いするつもりです」

糸崎は言い、剣一郎と同時に立ち上がった。

剣一郎は編笠《あみがさ》をかぶって、組屋敷をあとにした。

神楽坂《かぐらざか》を下っていて、背後を気にした。やはりあとをつけてくる男がいる。糸崎の屋敷を出たあとからだ。剣一郎が引き上げるのを待っていたようだ。

敵意は感じられない。剣一郎は牛込御門前から水道橋《すいどうばし》のほうに向かった。まだ、ついてくる。

やがて、湯島聖堂《せいどう》の裏手に差しかかった。塀際に銀杏《いちょう》の樹が葉を繁《しげ》らせていた。剣一郎はそこに足を向けた。

樹のそばで待っていると、あとから来た男がこっちに向かってきた。中間《ちゅうげん》ふうの若い男だ。

剣一郎は男の前に出た。男は立ち止まり、会釈《えしゃく》してから近寄ってきた。

「わしに何か用か」

剣一郎はきいた。

「青柳さまでいらっしゃいましょうか」

「いかにも、そうだが、そなたは？」

「あっしは塩屋五兵衛さまの屋敷に奉公しています中間の勘平《かんぺい》と申しやす」

「塩屋どのの？」

剣一郎は意外な思いで勘平の顔を見た。

「ちょっと聞いていただきたいことがありまして」

「ここまでついてきたのはなぜだ？」

「組屋敷から遠く離れてと思いまして」

「そうか。では、話を聞こう」

「はい。じつは塩屋さまが殺された件でちょっと腑《ふ》に落ちないことが」

「腑に落ちない？」

「はい。塩屋さまは天馬の十蔵の伜の復讐で殺されたということですが、あっしは頷けませんでした」

「どういうことだ？」

「殺される半月ほど前、塩屋さまは天馬の十蔵の手下だった半吉らしい男を見かけたそうなんです」

「なに、半吉を見た？」

塩屋が十蔵とそっくりな男と会っていたことは耳にしていたが、半吉の話は初耳だった。

「はい」

「どこで見たのか言っていたか」

「深川の仲町の料理屋の帰りとのこと。あとをつけたら入船町の『小芳《こよし》』という呑《の》み屋に入っていったそうです。外で待っていてもなかなか出てこないので『小芳』に入ったら、裏口から出て行ったと女将《おかみ》が言ったようです」

「入船町には『飛驒屋』があるな」

「それで、昔密偵《みってい》として使っていた伊勢蔵さんに会いに行き、伊勢蔵さんに木場の辺りを調べてもらったようです。それから、半吉のことは糸崎さまにも知らせたそうです」

「糸崎どのに？」

「はい。それから数日後に塩屋さま、さらに伊勢蔵さんが殺されました」

塩屋が半吉を見たという話を、糸崎はしていなかった。

「半吉に気づかれ、逆に襲われたのではないのか」

剣一郎はあえて言った。

「あっしもそう思ってました。でも、糸崎さまは天馬の十蔵の伜の復讐がはじまったと言ったのです。なぜ、糸崎さまはそんなことを言うのだろうと不思議でした」

勘平は続ける。

「それからしばらくして、益次というひとがやってきて、塩屋さまが殺されたときのことを聞かせてくれと」

「益次がそんなことを？」

「はい。それで、半吉を見かけたという話をしました。そしたら、益次さんはこれでわかったと言ってました」

「これでわかった？」

「はい。何がわかったのかとききましたが、教えてくれませんでした」

「なぜ、今までそのことを黙っていたのだ？」

「よけいなことを言わないほうがいいと糸崎さまに口止めされていたからです」

「糸崎どのに？」

「はい。そのとおりにしていましたが、今朝、藤森さまが殺されたらしいと聞き、糸崎さまに確かめに屋敷に行ったら、青柳さまがいらっしゃっていると知ったのです。糸崎さまから口止めされているけど、青柳さまにはちゃんとお話ししたほうがいいと思いまして」

「糸崎どのに気づかれないように、遠ざかってからと思ったのか」

「はい。ちょっと糸崎さまのお考えがわからないもので」

勘平は首をひねった。

「よく知らせてくれた」

「へえ、あっしは塩屋さまの仇《かたき》をとりたいんです。どうか、塩屋さまを斬った男を捕《つか》まえてください」

「そなたは中間なのに、そこまで主人の仇を討ってやりたいと思うのか」

「塩屋さまはほんとうによくしてくださいました。御新造さんのためにも仇を討ってやりたいのです」

「そなたは主人が亡くなっても奉公をやめずにいたのか」

「はい。塩屋家を継いだ男の子はまだ十歳です。塩屋さまが可愛がっていた子がおとなになるまで奉公するつもりです。それが塩屋さまへのご恩返しと思っています」

「そうか、そなたは忠義者だ」

剣一郎は心が温かくなり、

「そなたの気持ちは天にも届こう。必ずや、仇をとってやる」

と、約束をした。

牛込に引き上げる勘平と別れ、剣一郎は奉行所に戻った。

そして、その夜、剣一郎は太助にあることを頼んだ。

三

翌日は澄み渡る青空で、陽射《ひざ》しは強かった。藤森兼安の亡骸が駿河台の屋敷を出るのを、剣一郎は屋敷から少し離れた場所から見ていた。

屋敷から長い葬列が小石川《こいしかわ》の菩提寺《ぼだいじ》に向かって出発した。白地の提灯《ちょうちん》を掲《かか》げた白装束の男を先頭に僧侶が、その後を白装束の家来に囲まれて棺《ひつぎ》が続き、その後ろに奥方の琴野、そして百合の姿もあった。

葬列はしずしずと進んで行く。剣一郎は葬列から少し離れてついて行く。一行の中に白紙で包んだ刀の柄を持つ糸崎の姿もあった。

小石川の菩提寺に到着した。山門前には僧侶が並んで葬列を迎えた。

一行は境内《けいだい》に入り、棺は本堂に運ばれた。剣一郎は境内の隅に目を這《は》わせた。

この寺の周辺では奉行所の者が目を光らせていた。復讐を終えた十蔵の伜や半吉が藤森兼安の死を見届けに現われるかもしれない。

乗物がやってきた。西の丸御留守居役の大富甲斐守治貞が乗物から降りて、本堂に向かった。すでに本堂には幕府の要人もかなり来ているようだった。

僧侶の読経がはじまった。何人もの僧侶の声は境内の隅まで聞こえてきた。

葬儀の間、不審な人物には気づかなかった。

亡骸の埋葬が済んだあと、京之進が近寄ってきた。

「半吉らしい男は現われませんでした」

「そうか。もう撤収してもいいだろう」

「はっ」

京之進は持ち場に戻って行った。


翌日、剣一郎は藤森家を訪ね、用人の高坂喜平を介して奥方の琴野と奥の館の客間で向かい合った。

「南町奉行所与力、青柳剣一郎と申します」

剣一郎は名乗り、悔やみの言葉を口にしてから切り出した。

「悲しみに打ち沈んでいるところに、無慈悲な問いかけをすることをお許しください。これも藤森さまの仇を討つためでございますので」

「なんでしょう」

琴野は不安そうな顔を向けた。

「藤森さまが襲われたとき、同時に妾《めかけ》の百合どのも襲われました」

琴野は顔色を変えたが、傍《そば》にいた高坂喜平や女中たちに、

「席を外してください」

と、命じた。

「はっ」

高坂は頷き、剣一郎に会釈して立ち上がった。女中も部屋を出て行った。

ふたりきりになって、剣一郎は続けた。

「百合どのは植木職人に化けた刺客に庭で襲われたことがあります。今度の襲撃犯も同じ人物だったようです。つまり、藤森さまと百合どのを襲ったのは同じ仲間ということに」

琴野は苦しそうに眉根を寄せた。

「百合どのはその前に神田明神の境内で、ごろつきに絡まれました。ごろつきは万平という男で、三十ぐらいの商人ふうの男から百合どのの顔に傷をつけてくれれば十両やると言われて襲ったと打ち明けました」

「…………」

「奥様は何か心当たりはございませんか」

「ありません」

琴野は顔を背《そむ》けた。

「さっきも申しましたように、百合どのを襲った賊は藤森さまを殺した賊の仲間です。つまり、百合どのを襲わせるように命じた主は、藤森さま殺しの一味ということになります」

「そんな……」

琴野は目を見開いた。

「奥様。どうか、正直にお話し願えますか。私は藤森さまを殺した賊を捕まえたいのであって、百合どのに危害を加えさせようとしたものを罰しようとは思っていません。幸い、百合どのには何事もなかったのですから」

「………」

琴野は口をわななかせた。

「奥様、どうか正直にお話を」

「私です。私が百合の顔に傷をこしらえるように出入りの商人に頼みました。私が愚《おろ》かでした。殿の寵愛《ちょうあい》を受けている百合に嫉妬《しっと》して」

琴野は声を震わせた。

「出入りの商人とは誰ですか」

「材木問屋『飛騨屋』の番頭で、与之助《よのすけ》という男です」

「なぜ、『飛騨屋』の番頭が奥様に近づいたのですか」

「殿にいろいろ進物《しんもつ》をしていました。私にも」

「なるほど。奥様にも」

「百合にも贈ろうとしたそうですが、頑《かたく》なに拒否されたそうで。そのことで、与之助も百合のことを快く思っていないようでした」

琴野は大きく溜《た》め息をつき、

「あるとき私に進物を寄越《よこ》した与之助が、殿さまが百合を避けるようにしませんかと、囁《ささや》いたのです。その言葉に乗ってしまいました」

「よくお話しくださいました」

「私はどうなりましょうか」

「奥様は百合どのに危害を加えさせようとしただけですが、それは失敗に終わっています。ですが、先日の襲撃では百合どのを殺そうとしたようです。事態は奥様の手を離れ、別の思惑《おもわく》で動いているような気がします」

剣一郎は琴野をなだめるように言い、

「奥様は藤森さまを亡くされお力を落としのことでしょう。これ以上は、百合どののことでお悩みにならぬように。ただ、今後は百合どのと親しくしていただければと」

「青柳さま。ありがとうございます」

琴野は畳に手をついて頭を下げた。

「お願いがあるのですが」

剣一郎は琴野に頼んだ。

「百合どのからお話を聞きたいのですが」

「わかりました。私が呼んで参ります」

そう言い、琴野は客間を出ていった。

百合が入ってきた。亀二が言うように、まさに白百合の精のようだ。

剣一郎は名乗ってから、切り出した。

「百合どのはご自分がなぜ狙われたか心当たりはございますか」

「いいえ、ありません」

「材木問屋『飛騨屋』の番頭が関与しているかもしれないのですが、『飛騨屋』と何かありませんか」

「…………」

百合は眉根を寄せた。

「ひとつだけ」

「なんでしょうか」

「『飛騨屋』の旦那が私を嫁に欲しいとふた親に頼んできました」

「『飛騨屋』の旦那？　金右衛門ですか」

「はい」

「しかし、金右衛門にはおかみさんがいるのでは？」

「おります。でも、私が承諾すれば、おかみさんを離縁すると」

「ばかな」

剣一郎は不快になった。

「きっぱりお断りいたしましたが、旦那はなかなか諦《あきら》めず、それで父と母は私をここに奉公に」

百合はきっとなって、

「でも、ここで殿様に……」

手込めに遭い、妾にされたことを恨《うら》むように百合は唇を噛んだ。

藤森兼安の妾になったことを知った金右衛門は、百合と同時に藤森をも憎んだかもしれない。金右衛門は付け届けをして籠絡《ろうらく》しようとしたが、藤森に賄賂《わいろ》攻勢は利《き》かなかった。

しかし、勘定奉行の藤森を女のことで殺そうとしたとは思えない。それに、藤森殺しには天馬の十蔵の倅が関わっているのだ。

金右衛門と十蔵の倅は共に藤森に対して殺意を抱いていた。それで手を組んだか。だが、剣一郎は塩屋五兵衛の中間勘平の言葉に引っ掛かりを覚えるのだ。

「百合さまは今後、どうなさるおつもりですか」

剣一郎はきいた。

「殿さまのいないお屋敷に私の居場所はありません。お暇《ひま》をいただくつもりです」

「実家にお帰りに?」

「はい。帰りたいと思います」

百合は強い意志の籠《こ》もった目で言った。

　剣一郎は百合と別れたあと、高坂喜平と差し向かいになった。

「百合どのに怪我はなかったことですし、奥様の責任を追及することなく、このまま穏便にすませて問題ないと思います」

　剣一郎の説明を高坂は素直に聞いた。

「わかりました」

「ところで、勘定奉行の藤森さまにはいろいろなところから進物があったのでしょうね」

「頻繁《ひんぱん》にです」

「この先、何か大きな土木工事や河川工事、あるいは神社仏閣などの造営、改修など、幕府が行う計画はあったのでしょうか」

「いや、当面はないはずです」

「ない？」

「大きな橋の掛け替え工事は二年前に終わっています」

「そうですか。二年前というと前の勘定奉行の時代ですね」

「そうです。西の丸御留守居役の大富甲斐守さまでです」

「今後、大きな事業はないのに、『飛騨屋』は何が狙いで付け届けをしたのでしょうか」

「日頃からの付き合いを大事にしようとしているのかもしれません」

「そうですか。でも、藤森さまはそんな賄賂によって志《こころざし》を変えるような御方ではありません」

「そうです。殿は曲がったことの嫌いな御方だった。少額の進物なら受け取ることもありましたが、高額のものは突き返していました」

「ほんとうに正義感の強い御方……」

剣一郎ははっとした。

「二年前の橋の掛け替え工事に『飛騨屋』は加わっていたのでしょうか」

「中心になってやっていたそうです」

「高坂さま。藤森さまが信頼していた勘定方のお役人をどなたか紹介していただけませんか。出来たら、勘定吟味役を」

「それなら、二年前に勘定吟味役になった新川杢太郎《しんかわもくたろう》どのでしょう。昨日の葬儀にも参列してくれました」

「住まいはどちらでしょうか」

「本郷です」

場所を聞いて、剣一郎はさっそく本郷に向かった。

駿河台から坂を下り、昌平橋を渡って本郷通りに入った。

それから四半刻（三十分）後には新川杢太郎の屋敷にやってきた。

玄関で訪問を告げると、若党らしい侍が出てきた。名乗ってから新川への面会を申し入れた。

いったん奥に引っ込んだ若党はすぐに戻ってきて、剣一郎を玄関脇の客間に通した。

待つほどのことなく、三十ぐらいの眉の濃い侍が現われた。純朴そうな感じだが、一本気で激しい気性の持ち主のような気がした。

「新川杢太郎でございます」

新川は丁寧《ていねい》に名乗った。

「南町奉行所与力、青柳剣一郎でござる」

「ご高名はかねがね」

新川は軽く頭をさげた。

「突然、お訪ねして申し訳ありません。藤森家の用人の高坂喜平さまから藤森さまがもっとも信頼していた御方が新川さまだとお聞きしまして」

「恐れいります」

「藤森さまが殺されたこと、どうお思いですか」

剣一郎は確かめる。

「火盗改めのときの因縁《いんねん》だそうですね。獄門首になった盗賊の頭《かしら》の復讐だと？」

新川が逆にきいた。

「いちおうそのような見方をされています」

剣一郎はそういう言い方をした。

「いちおう？」

新川はやはりそのことに反応した。

「ええ、見かけ上は、ということです」

「では、実際は違うと？」

「新川どのも何か腑に落ちないことがあったのではありませんか」

剣一郎はずばりきいた。

「藤森さまは何かなさろうとしていたのではありませんか」

「どうしてそう思われるのですか」

「藤森さま殺しに、材木問屋『飛驒屋』が絡んでいるからです」

「『飛驒屋』……」

「これはあくまでも私の想像です。『飛驒屋』は藤森さまに頻繁に進物をしています。今後、幕府では大きな工事を予定しているのかとも思いました。しかし、そのような計画はないようです。それなのに、なぜ賄賂を」

剣一郎は新川を睨《にら》みつけて続ける。

「先の話でなければ済んだことについてではないか。すると、二年前に大々的な橋の掛け替え工事があり、そこに『飛驒屋』が加わっていた。このことに間違いはありませんか」

「そのとおりです」

新川は表情を強張《こわば》らせて答える。

「その工事で何かあったのではありませんか」

新川は大きく溜め息をつき、

「じつはその工事で不正が行われたという密告が、新しく勘定奉行になられた藤森さまにあったのです」

「不正の密告が？」

「はい。工事の見積もりが水増しされ、また工事にも手抜きがあったという内容です。藤森さまは、勘定吟味役の私を呼びつけ、工事の実態を調べるように命じたのです」

勘定吟味役は勘定方の役人や工事などの不正を取り調べる役目で、定員は六名である。

「もし、密告どおりの不正が行われているとしたら、その工事に関わった勘定方の役人だけでなく、不正を調べる勘定吟味役も、そして勘定奉行もぐるでなければ出来ないものでした」

「組織ぐるみですか」

「はい。同じ勘定吟味役の中にも不正に関わった者がいるのです。ですから調べは秘密裏に行わなければなりませんでした」

「不正の証《あかし》は見つかったのですか」

「いえ、ただ、関わった勘定方の役人の暮らしが皆派手になっていたことがわかりました。このことから藤森さまは本格的な調査をはじめようとしていた矢先に、こんなことに。私はこの件で藤森さまが殺されたのではないかと思いましたが、その証はありません。それに、天馬の十蔵の復讐だという噂が広まっていて」

「やはり、新川どのは藤森さまの死に疑念を抱いていたのですね」

「はい。ですが証はなく、悶々《もんもん》としていました。そこに青柳さまがやってこられたので驚いた次第です」

「じつは私も天馬の十蔵の復讐ということに疑問を感じていたのです。ただ、まだわからないことがあるのです。これから調べてみます」

剣一郎は言ったあと、ふと気になって、

「勘定奉行の藤森さまがいなくなって、不正の調査はどうなりましょうか」

と、きいた。

「かなり難しくなりました。藤森さまは勘定方の役人に対して、不正に関わった者は厳重に処分する、だが正直に申し出れば温情を示すと言い渡すつもりだったようです。これで、かなりの者が訴え出るだろうと期待していたのです。藤森さまがいなくなったら、ここまでする御方は出てこないでしょう」

新川は表情を曇らせた。

「新川どのは不正と闘う覚悟はおありですか」

「もちろんです」

「わかりました。私どもの探索の結果をお待ちください」

剣一郎はすっくと立ち上がった。

四

翌日、剣一郎は駿河台の藤森家に赴《おもむ》き、若党の大原源次郎に会い、そして亀二のところに行った。

亀二は片肌脱いで薪《まき》割りをしていた。

「亀二、ききたいことがある」

「はい」

「そなたの小屋でいいか」

「わかりました」

着物を直し、亀二は小屋に向かった。剣一郎と大原はついて行く。

亀二の部屋で、剣一郎はふたりに切り出した。

「賊の襲撃時、藤森さまが百合どのより先に襲われたことがどうしても腑に落ちないのだ。そこで、もう一度、賊が侵入したときの様子を教えてもらいたい」

「青柳さま」

亀二が自信なさそうな声で、

「じつはあっしもはっきりしないまま、気になっていたことがあったんです」

「なにか」

剣一郎は亀二の顔を見つめる。

「はい。あの夜、四つ（午後十時）ごろ、胸騒ぎがしてならず、奥の館に行ったんです。そしたら、渡り廊下に黒い影が走ったような気がしたんです。雨脚が強くて視界が悪いので、見間違いかと思ったのですが、今になって思い返すと、黒い影は渡り廊下の向こう側に飛び下りたのではないかと」

「なぜ、そう思うのだ？」

「青柳さまが仰っていた、百合さまは助けが間に合ったのに、殿様は間に合わなかったという疑問をずっと考えていたんです。そして気がついたんです。賊はもっと早く侵入していたんじゃないかと」

「なに、もっと早くだと？」

大原が驚いてきく。

「はい。それで思いだしたのです。渡り廊下の黒い影のことを。見間違いではなく、一瞬だったけど黒い影を見たと確信したんです」

「そのとき、殿は殺されたと……」

大原は絶句した。

「はい。賊がなぜ殿様を殺したあとも屋敷に留まっていたのかはわかりませんが……」

亀二は厳しい表情で言う。

「いや、賊ではない」

剣一郎は首を横に振り、

「藤森さまは刀を抜いていなかったのですね」

と、大原にきいた。

「ええ、刀は刀掛けにありました」

「藤森さまは油断していたのです。まさか、目の前にいる男が自分に襲いかかるとは想像もしていなかったはずです」

「青柳どの。それは誰ですか」

「糸崎どのです」

「まさか。なぜ、糸崎どのが殿を……」

「大原どのは糸崎どのといっしょに屋敷周辺の見廻りをしていたそうですが、四つごろはいっしょでしたか」

「四つごろ？　あっ」

　大原は叫んだ。

「糸崎どのは殿の寝間に行かれていたのだ。殿に呼ばれたと言って。まさか、そのときに糸崎どのが殿を……」

　大原は声を震わせた。

「四つにすでに殿様を殺しているのに、どうしてわざわざあとから賊は侵入してきたのですか」

　亀二はきいた。

「敵の狙いは藤森さまを殺した真の理由を隠すことだ。藤森さまは十蔵の伜に復讐されたことにしなければならない。そのために賊が押し込んでこなければならないのだ」

「糸崎どのはいかにも殿の身を案じるように警護を買って出た。まさか、それが手だったとは」

怒りの籠もった声で、大原は嘆《なげ》いた。

「考えてみれば、十蔵の伜らしき男を見たのは糸崎どのしかいなかった」

剣一郎も口惜しそうに言う。こうなると、塩屋五兵衛を殺したのも糸崎の可能性が出てきた。塩屋も油断していて斬られたのだ。

「なぜ、糸崎どのが殿を？」

大原がきいた。

糸崎伊十郎に藤森兼安を殺す理由はないはずだ。かつての上役だ。だが、襲った。何者かに頼まれたとしても、そこまでするだろうか。いや、考えられない。藤森を斃《たお》すことで、糸崎にどんな利益があるか。それもわからない。あるとすれば、自分の身を守るためだ。糸崎は何から身を守ろうとしたのか。やはり、天馬の十蔵の件に行き着く。

「確たる証がないのでまだ言えません。ともかく、今の話は他言無用に願います」

剣一郎はふたりに念を押した。

「わかりました」

大原が答え、亀二も頷いた。

剣一郎は藤森の屋敷をあとにした。

それから半刻（一時間）余り後、剣一郎は深川の入船町にやってきた。呑み屋の『小芳』の前に立った。暖簾《のれん》はまだ出ていない。

ふと近づいてくる足音を聞いた。

「青柳さま」

太助だった。

「『小芳』についてわかりました」

「ごくろう」

ふたりは『小芳』の前を離れ、堀のほうに向かった。筏《いかだ》が浮かび、川並《かわなみ》が丸太を操っていた。

堀のそばで向かい合った。

「『小芳』の女将はお芳《よし》といい、三十半ばの色っぽい女です。十年ほど前に店を開いたそうです。馴染《なじ》みの客にきいたら、『飛騨屋』の当時の若旦那が贔屓《ひいき》にしていたそうです」

「今の主人の金右衛門だな」

「そうです。それから、女将には弟がいて、ときたま店にやってきていたと」

「弟？」

「それが頬骨が突き出た男だったと。女将は初次と呼んでいたそうです」

「何、初次だと」

本所石原町に頬骨が突き出た三十歳ぐらいの男が住んでいた。指物師と名乗っているが博打打ちのようだと、京之進が言っていた。

「初次は半吉かもしれぬ。だとすると、女将のお芳は十蔵の情婦だった女かもしれぬ」

「でも、お芳は三十半ばです。十年前は二十五歳。十歳ぐらいの子どもがいたとしたら、十五歳で産んだことになります」

「計算が合わぬか」

剣一郎は顔をしかめ、

「そうか。皆、天馬の十蔵に踊らされたのだ」

剣一郎は唸《うな》った。

「どういうことですか」

「子どもなどいなかったのだ。成長した息子が必ず復讐をすると火盗改めに恐怖心を植えつけさせたのだ。十蔵は自分が死んだ後も、火盗改めを翻弄《ほんろう》しようとしたのだろう」

糸崎はそのことを利用したのだ。

益次が小塚原で十蔵の獄門首を見ていた男女を十蔵の情婦と半吉だと見ぬいた。ふたりが仙台堀の亀久橋の近くで舟を下りたことから、火盗改めは木場の周辺を探索した。しかし、ふたりを見つけることは出来なかった。

このとき、大事なことを忘れている。金だ。十蔵が盗んだ金を情婦は持っていたのだ。どこかに隠してあったのかもしれないが、情婦はその場所を知っていた。

『飛騨屋』の当時の若旦那はその金を目当てに、情婦と半吉を匿《かくま》ったのだ。そして、火盗改めが木場の周辺を探索したとき、糸崎は『飛騨屋』に匿われている情婦と半吉を金を見返りに見逃した……。

十年後、塩屋五兵衛が偶然に半吉らしき男を見つけ、あとをつけた。そして、『小芳』に入っていったことから調べ上げ、剣一郎が今考えたことと同じ結論に至ったのではないか。

「よし、『小芳』に行ってみよう」

剣一郎は勇躍、『小芳』に向かった。

暖簾はかかっていなかったが、戸は開いた。

「ごめんなさいな」

太助が奥に向かって声をかける。

はあいという声がして、女が出てきた。女は剣一郎に気づいて顔色を変えた。

「お芳か」

剣一郎は声をかける。

「はい」

「ここは十年前からやっているようだが」

「はい」

「それまではどこにいた？」

「何か」

「天馬の十蔵を知っているな」

剣一郎はずばりきいた。

「知りません」

「では、半吉という男は？」

「知りません」

「今、初次と名乗っている。そなたの弟だそうだな」

「…………」

「どうだ？」

「はい」

「初次はどこにいる？」

「わかりません」

『飛驒屋』か。それとも……」

「青柳さま、いったい何のお調べでしょうか」

「天馬の十蔵の情婦だった女と手下の半吉を探している。半吉には人殺しの疑いがかかっている」

「そんなこと知りません」

「塩屋五兵衛という侍がここに半吉を追って入ってきたはずだが？」

「そんなお侍さんはいましたが、すぐ引き上げましたよ」

「塩屋どのはこの店を調べている」

「…………」

「糸崎伊十郎を知っているな」

「……知りません」

答えまで間があった。

「そうか。塩屋どのも糸崎どのも十年前は火盗改めだった」

剣一郎はお芳の顔を見つめた。

そのとき、戸が開いた。

「あっ、青柳さま」

京之進だった。

「どうした？」

剣一郎はきいた。

「初次の行方を追いかけていて、ここが浮かび上がったのです。青柳さまは？」

「殺された火盗改め与力だった塩屋五兵衛どのが半吉らしい男がここに入っていくのを見ていたそうだ」

剣一郎は塩屋五兵衛の中間だった勘平から聞いた話をした。京之進に聞かせていたが、実際はお芳に向けていた。

「初次が半吉かどうかはここにいるお芳が知っている」

「ひょっとしてこの女が十蔵の……」

「本人は否定しているが、十蔵の情婦に違いない」

剣一郎はお芳の顔を見た。

「お芳、そなたが今回の一連の事件に直に関わっているとは思えない。ただ、悪事を知っていながら黙っていれば、それは片棒を担いだことになってしまう。今からでも遅くない。知っていることはすべて話すのだ」

するとは急に、お芳は開き直ったように口元を歪《ゆが》め、

「すっかりお見通しですね」

と、腰掛けに腰を下ろした。

「そなた、十蔵の情婦だな」

剣一郎は確かめる。

「そうです。塩屋というお侍が現われたときからいやな予感がしていたんですよ。せっかく穏やかな暮らしをしていたのに」

「すべてを話すのだ」

「はい」

「天馬一味の隠れ家が急襲されたあと、そなたと半吉はどこに逃げたのだ?」

『飛騨屋』の若旦那に五百両で匿ってもらったんです。離れにいました。半吉は奉公人になって」

「小塚原で十蔵の獄門首を見ていたのはそなたと半吉だな」

「そうです」

「そのあと、火盗改めがこの辺り一帯を探索した」

「はい。糸崎という与力に見つかりましたが、若旦那が糸崎さんに五百両で取引を持ちかけたのです。糸崎さんは迷っていましたが、取引に応じたのです」

「五百両は糸崎どのに渡ったのだな」

「実際は六百両です。値をつり上げてきました」

「そうか。十蔵の隠し金はいくらあったのだ?」

「一千五百両です。でも、ほとんど、『飛騨屋』の若旦那と糸崎さんに吸い取られました。私と半吉には二百両ずつ」

お芳は自嘲《じちょう》ぎみに口を歪めた。

「そなたは今回の藤森兼安殺しの計画を知っていたか」

「知りません。ほんとうです。ただ、半吉がお頭の仇を討ちますぜと言っていたのは覚えています」

「半吉は『飛驒屋』の言いなりに動いていたんだな」

「そうです。十年前から『飛驒屋』の若旦那の手下になって汚れた仕事をしていたみたいです」

「ところで、そなたに子どもは？」

「いません。十蔵が子どもが復讐すると言ったそうですが、あのひとらしい苦し紛れの反撃ですよ」

「なるほど。よく話してくれた」

剣一郎は言い、

「お芳。これから大番屋に連れて行く。そなたの身の安全のためでもある」

「わかりました」

お芳は観念したように腰を上げた。

「青柳さま。『飛驒屋』の金右衛門を十年前の件で大番屋にしょっぴき、改めて今回の件を問いつめてみます」

京之進は勇んで言う。

「うむ。金右衛門のほうは任せた。わしは糸崎のところに行ってみる」

剣一郎と太助は一足先に『小芳』を出て行った。

五

強い陽射しも衰え、辺りは薄暗くなってきた。

剣一郎は牛込の糸崎の屋敷に着いた。

応対に出た若党は、お城から戻ってきたばかりなので毘沙門天《びしやもんてん》で待っていて欲しいという糸崎の言葉を告げた。

いつもなら客間で待たせるのにわざわざ外を指定した。何かを察したのだとわかった。

毘沙門天の境内で待っていると、俯き加減に糸崎がやってきた。

「糸崎どの。一連の事件の真相がわかったので、あなたのご意見を伺いたいと思いましてね」

剣一郎は切り出した。

だが、糸崎は口を真一文字に閉ざしたままだ。

「入船町の『小芳』の女将がすべて話してくれました。ただ、女将のお芳が話したことがすべて正しいかどうかわかりません。そこで糸崎どののご意見を」

「…………」

「あのお芳こそ、十蔵の情婦だったそうです。十年前、火盗改めの探索に遭ったとき、『飛騨屋』の若旦那の考えで糸崎どのと取引をして難を逃れたと打ち明けました」

糸崎は表情をかえない。

「それから、十蔵とお芳の間に子どもはいなかったそうです。すると、妙なことになりますね。塩屋どのが十蔵によく似た若い男といっしょにいたという糸崎どのの話はなんだったのか」

剣一郎はさらに迫る。

「十蔵に子どもがいなければ復讐という話自体がおかしくなります。では、塩屋どのは誰にどうして殺されたのか」

「…………」

糸崎の瞼《まぶた》が微《かす》かに痙攣《けいれん》した。

しばらく無言でいたが、やがて糸崎は火照《ほて》ったような顔を向けた。

「塩屋は深川で半吉に似た男を見かけたのだ」

糸崎が静かに口を開いた。

「それで十年前の探索について疑問を抱き、私を問いつめてきた。私はしらを切ったが、半吉が夜にひと目を避けて私を訪ねてきた。塩屋が伊勢蔵といっしょに『飛驒屋』を調べていると。このままでは身の破滅だ」

「十年前、糸崎どのは半吉と情婦を見つけておきながら金のために見逃した。なぜ、そんなに金が欲しかったのですか」

剣一郎はやりきれないようにきいた。

「女だ」

「女のために金が必要だったのですか」

剣一郎は蔑《さげす》むように問いつめた。

「…………」

「で、その女は?」

「本郷に家を与えて住まわせている」

「女のためにばかなことをしたものです。で、半吉から塩屋どのの動きを知り、殺すしかないと思ったのですか」

「半吉が『飛驒屋』の旦那が相談したいから会いたいそうだと言ってきたので、

夜にこっそり『飛騨屋』に行った。そこで、金右衛門から十蔵の復讐に見せかけて、塩屋と伊勢蔵を殺すしかないと言われた。さらに、藤森さまをも殺せと」

「金右衛門が藤森さまを殺せと言ったのですか」

「そうだ」

「責任を金右衛門に押しつけようとしているのではありますまいね」

「違う。金右衛門から持ちだされたのだ。さすがに、藤森さまを殺すことは出来ない。そう断ったら、やらないのなら私が金で半吉と情婦を見逃したことを藤森さまに訴えると」

「金右衛門はそなたを脅《おど》したと?」

「そうだ。藤森さまをやるなら、手を貸すと言われた。このままでは、いずれ塩屋に真相を摑《つか》まれる。もはや、決行するしかなかった」

「金右衛門は、藤森さまを殺さねばならないわけを話しましたか」

「話した。藤森さまは二年前の橋の掛け替え工事に絡む不正を調べようとしている。当時の勘定奉行大富甲斐守さまからも、藤森さまの暴走をやめさせるには殺すしかないと言われたと打ち明けた」

糸崎は顔をしかめ、

「藤森さまは一刀流の使い手。生半可《なまはんか》な相手では斃すことは難しい。油断を衝《つ》くしかない。そのためには私が適任だった」

「雨の夜、そなたは藤森さまの寝間に行き、油断している藤森さまを殺し、その後何食わぬ顔で大原どのと屋敷内の見廻りをしていたわけですね」

「そうだ」

糸崎は苦しそうな顔で答える。

「密偵だった益次を殺したのもあなたですね」

「益次は半吉と情婦が見つからなかったわけに感づき、私に確かめにきた。それで、いっしょに十蔵の情婦だった女に会いに行くと約束し、薬研堀で待ち合わせた」

「なぜ、その場で斬り捨てたのですか」

「益次は私を青柳さまに訴えようとしたのだ。だから、止《や》むなく……」

「そうですか」

剣一郎は頷き、

「糸崎どの。お白州《しらす》ですべて正直に話してもらいたい。今頃、同心が『飛驒屋』の金右衛門を問いつめています。おそらく、金右衛門はしらを切り、すべての罪をあなたに押しつけるでしょう。大富甲斐守さまにしてもしかり」

「そうであろうな」

糸崎は拳《こぶし》を握りしめた。

「藤森さまの屋敷に押し入ったふたりの侍はだれですか」

「金右衛門が雇った浪人だ」

「半吉といっしょにいた獅子鼻の男は？」

「あの男も金右衛門が雇った男だ」

「わかりました」

剣一郎は応じ、

「これから組頭どのに事情を説明し、糸崎どのの身柄を奉行所に」

と、迫った。

「青柳どの。どうか、しばしの猶予《ゆうよ》を」

「糸崎どの。まさか、腹を召されるつもりではないでしょうね」

「いや、そんなことはしない」

「あなたが死ねば、すべてあなたの責任ということにされてしまいます。そのことを忘れないように」

「青柳どの、信じてくれ。死罪になる身。身辺の整理をしたい。妻を離縁し、女にも別れ話を」

糸崎は真剣な眼差しを向けた。

「わかりました。信じましょう。では、糸崎どのから奉行所まで出向いてください」

「かたじけない」

糸崎は深々と頭を下げた。

それから、剣一郎は本材木町三丁目と四丁目の間にある大番屋に行った。

京之進が『飛驒屋』の主人金右衛門を取り調べていた。金右衛門は厳しい顔で莚《むしろ》の上に座っていた。

「どうだ？」

剣一郎は京之進にきいた。

「知らぬ存ぜぬの一点張りです」

京之進は憤然と言う。

「青柳さま。なぜ、私がこんな目に遭わなければならないのですか」

「糸崎伊十郎がすべてを話してくれた」

「そう、すべてあの御方がしたこと。十年前のこととて、あのひとに脅されて、私は十蔵の情婦と半吉を匿っただけ。泣く子も黙る火盗改めの与力に逆らえませんからね。今回のことも、私に罪をなすりつけようと画策していたのでしょう」

「十蔵の情婦だったお芳も、金でそなたに匿ってもらったと言っている」

「あの女も糸崎さんに脅されているんですよ」

「二年前の橋の掛け替え工事に大きな不正があり、藤森さまが本格的に調べをはじめるところだったそうだな。その工事にそなたが関わっていた。だいぶ儲《もう》けたのだろう」

「それは言いがかりというもの」

「もし調べられたら、当時の勘定奉行大富甲斐守さまをはじめ勘定方の役人もかなりの人数がお縄になる。それを阻止するために、糸崎どのを利用して藤森さまを殺したのだ。金右衛門、この期に及んで見苦しい真似はやめるのだ。潔く、観念するのだ」

「私には何のことやら。それに二年前の不正なんてありえません。よろしいですか。大富甲斐守さまは次は町奉行に就任するという噂もあります。南町奉行になられたら、みなさま方の上役になるではありませんか。そんな御方に不正の疑いをかけてよろしいのですか。あとでしっぺ返しを食らうことになりますよ」

金右衛門は不敵《ふてき》に笑った。

「そなた、大富さまがそなたを守ると思うか。そなたが糸崎伊十郎に罪を押しつけたように、大富さまはそなたに罪をなすりつけるだろう。そんなこともわからぬのか。それとも、大富さまを助けるために自分が犠牲になる気か」

「…………」

金右衛門の顔が強張った。

「金右衛門。そなたが藤森さま殺しを主導し、そして藤森さまの愛妾百合どのを殺《あや》めようとしたことは明らかだ。もはや言い逃れは出来ない。ただ、そなたの自白がなければ、大富甲斐守さまを追い詰めることは出来ぬ。そなたに罪をなすりつけて自分だけ助かろうとするはずだ」

金右衛門はがくんとうなだれた。

「京之進、あとは頼んだ」

「はっ」

剣一郎は大番屋を出て、八丁堀の屋敷に帰った。

太助が来ていて、一枚の紙を寄越した。

「卯助さんから預かってきました」

そこには日にちと屋敷の名、金額が記《しる》されていた。卯助と亀二が盗みに入った旗本屋敷の一覧だった。

翌日、亀二が薪割りを済まし、小屋で休んでいると、戸を叩く音がした。戸が開く気配がないので、亀二は土間に下りて戸を開けた。

あっと、亀二は驚きの声を上げた。

「百合さま」

百合が立っていた。

「今、よろしいですか」

「はい。でも、中は汚いですから」

「私は構いません」

そう言い、百合は小屋に入ってきた。亀二はどぎまぎしながら百合を部屋に上げた。

「申し訳ありません。こんなむさいところに」

亀二は恐縮する。

「いえ、私はなんとも思いません」

百合は微笑《ほほえ》んだ。

「じつは私は屋敷を出て行くことになりました」

「えっ、出て行く？」

亀二はきき返した。

「実家にいったん帰ります」

「いったん？」

「ええ、実家には兄嫁もいますし、私の居場所はありませんから」

「では、どちらに？」

「まだ、わかりません」

百合は微笑み、

「亀二さんにはほんとうにお世話になりました。何度も助けていただいて。このご恩、決して忘れません」

亀二は青柳剣一郎から言われた言葉を思いだした。

「亀二、いずれ折りを見て、百合どのに自分の思いの丈を正直に伝えるのだ。その上で、百合どのがそこまでしてもらうのは気が重いということであれば、素直に引き下がれ。それが百合どののためでもあり、そなたのためでもあろう」

亀二は心ノ臓が痛くなるほど動悸《どうき》がはげしくなった。

下僕でもいい。どうか、おそばに仕えさせてください。百合さまを生涯守っていきます。その言葉が喉元まで出てきて引っ込んだ。

勇気を出せ。剣一郎の声が聞こえてきた。何度も言い掛けては声を呑んだ。

百合が不思議そうな顔で亀二を見た。胸の底から突き上げてくるものがあった。その勢いに任せて、ついに亀二は正直な思いを口にした。

「百合さま、行くところが決まってなければ、あっしのところに来てください。どうか、あっしの嫁に……」

亀二は自分がとんでもないことを口走ったのに気づいて愕然《がくぜん》とした。

「申し訳ありません。あっしはただおそばにいて百合さまをお守りしていきたいだけなのです。よけいなことを申してしまいました。どうかお許しを」

亀二はあわてて床に額をつけて謝った。

「亀二さん。お顔を上げてください」

「はい」

だが、失態を演じてしまったことで、亀二は百合の顔をまともに見られなかった。

「こんな私でももらっていただけるのですか」

亀二は耳を疑った。

「今、なんと」

「こんな私でもいいのですか」

「百合さま」

亀二は夢だと思った。

数日後、剣一郎は太助とともに豊島町一丁目の卯助の家に行った。

おしんが来ていたが、ふたりとも深刻そうな顔をしている。

「どうした？　顔色が優《すぐ》れぬではないか」

剣一郎は不審に思ってきいた。

「青柳さま。亀二が奉公をやめて帰ってきました」

「そうか。それなのにどうしたというのだ？」

「じつは亀二の奴、お屋敷で何かあったのか、少しおかしくなっちまったようで」

「なに、おかしく？」

「へえ」

卯助は暗い顔で、

「百合さまがあっしの嫁になってくれるってうわ言のように言い、部屋を何度も掃除して……。思いが募《つの》りすぎ、幻想にとりつかれてしまったんです。可哀そうに。こんなことになるなら、お屋敷に奉公などさせるんじゃなかった」

「よし、亀二のところに行ってみよう。卯助、案内してくれるか」

「へい」

剣一郎は卯助の案内で、岩本町の長屋に亀二を訪ねた。

亀二は部屋の真ん中で座っていた。

「兄貴。あっ、青柳さま」

亀二は剣一郎に会釈をした。

「亀二、奉公を終えたそうだな」

「はい」

亀二は元気よく答えた。剣一郎は亀二の表情が溌剌《はつらつ》としているのを見て安心した。

「百合どのがそなたの嫁になるときいたが、ほんとうか」

「はい。そう仰ってくれました」

「亀二」

卯助が口をはさむ。

「百合さまがこんなむさ苦しい長屋で暮らせるわけはない。亀二、いつまでも夢を見てないで、目を覚ますんだ」

「いや、卯助。亀二は正気だ。それに百合どのは日本橋小舟町にある下駄屋の娘だ。名もおみよという。亀二の純粋な気持ちにほだされたのではないか」

剣一郎はひょっとしたらあり得ない話ではないと期待を込めて言った。

「そうでしょうか」

卯助は半信半疑のようだった。

「そうそう、卯助。これをそなたに返そうと思ってな。太助」

「はい」

太助は持っていた包みを卯助に渡した。

「これは」

受け取って、卯助は目を瞠《みは》った。

「そなたが書き記した屋敷を一軒一軒訪ねて確かめた。どこも金を盗まれてはいないということであった。中には動揺したところもあったが、結局盗まれたことを否定した。したがって、この金は卯助に返すことにした」

「とんでもない。これはほんとうに盗んだ金です。こんなもの使えません」

「青柳さま。兄貴の言うとおりです。あっしらは地道に稼いでお店を持ちます」

「そう言われても困る。とりあえず、そなたに返す」

「いえ、受け取れません」

「いや、受け取れ。そして、そなたの手で奉行所に拾得したと届けるのだ。場所はどこでもいい。落とし主が現われなかったら、改めてその金を受け取れ」

「青柳さま。そんなにまでしてもらって……」

卯助は涙ぐんだ。

戸が開いて、小肥りの男が顔を覗かせた。

「お取り込み中か」

「大家さん」

亀二が声をかける。

「わしらはもう引き上げる」

剣一郎は言う。

「これは青柳さまで」

大家はあわてて頭を下げ、

「じつは亀二に客でして。日本橋小舟町の下駄屋の旦那だそうだ」

「そうか。入ってもらえ」

剣一郎は思わず口元が緩《ゆる》んだ。

「卯助、亀二、では」

剣一郎はふたりに声をかけ、外に出た。

四十半ばと思える男と若い清楚《せいそ》な女がいた。長屋の連中が路地に出てきていた。

「青柳さま」

若い女が剣一郎に駆け寄った。

「百合どの、いや、おみよさんか」

「はい、みよです」

「青柳さま」

四十半ばと思える男が剣一郎に挨拶をした。

「娘がお世話になりました」

「よく来てくれた。さあ、中に」

剣一郎はふたりを亀二の家に招じた。卯助の呆気《あっけ》にとられた顔が目に入った。

改めて、剣一郎と太助は長屋木戸に向かった。

「あのひとが百合どのですか。ほんとうに白百合の精のようですね。あんなひとが嫁にくるなんて……」

太助は呟いた。

「うらやましいか」

「いや、うらやましくなんてありません」

太助は強がった。

「わしも早く太助の嫁さんを見てみたいものだ」

「いえ、あっしは青柳さまの捕り物のお手伝いをしているほうが。そうそう、半吉や獅子鼻の男らも捕まったそうですね」

太助は話題を変えるように言った。

剣一郎は苦笑したが、

「『飛騨屋』の金右衛門の自白から京之進が全員を捕まえた。肝心の大富甲斐守さままでまだ捜査の手は伸びていないが、すでに病気を理由にお役を退いたそうだ。勘定吟味役の新川杢太郎どのが本格的に二年前の工事について調べだした」

「多恵さまにお土産を買っていきましょう」

太助は思いだしたように言う。

「そうよな」

強い陽射しが襲いかかる。

「これからますます暑くなりますね」

前方から金魚売りがやってきた。さらに、冷や水売りも歩いている。いよいよ本格的な夏がやってきた。

剣一郎と並んで歩いているのがうれしいのか、太助はひとりで何か喋《しやべ》っていた。

一目惚れ

一〇〇字書評

切り取り線

購買動機（新聞、雑誌名を記入するか、あるいは○をつけてください）

□（　　　　　　　　　　　）の広告を見て	
□（　　　　　　　　　　　）の書評を見て	
□ 知人のすすめで	□ タイトルに惹かれて
□ カバーが良かったから	□ 内容が面白そうだから
□ 好きな作家だから	□ 好きな分野の本だから

・最近、最も感銘を受けた作品名をお書き下さい

・あなたのお好きな作家名をお書き下さい

・その他、ご要望がありましたらお書き下さい

住所	〒				
氏名		職業		年齢	
Eメール	※携帯には配信できません	新刊情報等のメール配信を 希望する・しない			

この本の感想を、編集部までお寄せいただけたらありがたく存じます。今後の企画の参考にさせていただきます。Eメールでも結構です。

いただいた「一〇〇字書評」は、新聞・雑誌等に紹介させていただくことがあります。その場合はお礼として特製図書カードを差し上げます。

前ページの原稿用紙に書評をお書きの上、切り取り、左記までお送り下さい。宛先の住所は不要です。

なお、ご記入いただいたお名前、ご住所等は、書評紹介の事前了解、謝礼のお届けのためだけに利用し、そのほかの目的のために利用することはありません。

〒一〇一ー八七〇一
祥伝社文庫編集長　清水寿明
電話　〇三（三二六五）二〇八〇

祥伝社ホームページの「ブックレビュー」からも、書き込めます。
www.shodensha.co.jp/
bookreview

祥伝社文庫

一目惚《ひとめぼ》れ　風烈廻《ふうれつまわ》り与力《よりき》・青柳剣一郎《あおやぎけんいちろう》

令和 4 年 4 月 20 日　初版第 1 刷発行

著　者　小杉健治《こすぎけんじ》

発行者　辻　浩明

発行所　祥伝社《しょうでんしゃ》

東京都千代田区神田神保町 3-3
〒 101-8701
電話　03（3265）2081（販売部）
電話　03（3265）2080（編集部）
電話　03（3265）3622（業務部）
www.shodensha.co.jp

印刷所　堀内印刷
製本所　ナショナル製本
カバーフォーマットデザイン　中原達治

Printed in Japan ©2022, Kenji Kosugi　ISBN978-4-396-34804-5 C0193

祥伝社文庫の好評既刊

小杉健治
白菊の声
風烈廻り与力・青柳剣一郎(51)

愛する男の濡れ衣を晴らしてほしい――無実を叫ぶ声は届くか。極刑のときが迫る中、剣一郎は正義を為せるか？

小杉健治
生きてこそ
風烈廻り与力・青柳剣一郎(52)

言葉を交わした者は絶命する……人を死に誘う、〝死神〟の正体は？ 剣一郎が世間を揺るがす不穏な噂に挑む。

小杉健治
寝ず身の子
風烈廻り与力・青柳剣一郎(53)

十年前に盗品を扱った罪で潰され、離散した反物問屋の一家に再び災難が……。復讐劇の裏にある真相を暴く！

小杉健治
鼠《ね》子《こ》待《ま》の恋
風烈廻り与力・青柳剣一郎(54)

迷宮入り事件の再探索をまかされた剣一郎。調べを進めると、意外な男女のもつれが明らかに。

小杉健治
恩がえし
風烈廻り与力・青柳剣一郎(55)

一家心中を止めてくれた恩人捜しを請け負った剣一郎。男の落ちぶれた姿に一体何が？

小杉健治
隠し絵
風烈廻り与力・青柳剣一郎(56)

宝の在《あ》り処《か》か、殺人予告か、それとも――？ 見知らぬ男から託された錦絵の謎。そこに描かれた十二支の正体とは？

祥伝社文庫の好評既刊

あさのあつこ
にゃん！ 鈴江三万石江戸屋敷見聞帳

町娘のお糸が仕えることになったのは、鈴江三万石の奥方様。その正体は……なんと猫⁉

あさのあつこ
天を灼《や》く

父は切腹、過酷な運命を背負った武士の子は、何を知り、いかなる生を選ぶのか。青春時代小説シリーズ第一弾！

あさのあつこ
地に滾《たぎ》る

藩政刷新を願い、追手の囮となるため脱藩した伊吹藤士郎。異母兄と共に江戸を目指すが……。シリーズ第二弾！

あさのあつこ
人を乞《こ》う

政の光と影に翻弄された天羽藩上士の子・伊吹藤士郎と異母兄・柘植左京。父の死を乗り越えふたりが選んだ道とは。

有馬美季子
食いだおれ同心

食い意地の張った同心と、見目麗しき世直し人がにっくき悪を懲らしめる痛快捕物帳！

有馬美季子
つごもり淡雪そば 冬花《ふゆか》の出前草紙

一人で息子を育てながら料理屋〈梅乃〉を営む冬花。ある日、届けた弁当に毒を盛った疑いがかけられ……。

祥伝社文庫の好評既刊

門井慶喜
家康、江戸を建てる
湿地ばかりが広がる江戸へ国替えされた家康。このピンチをチャンスに変えた日本史上最大のプロジェクトとは！

神楽坂 淳
金四郎の妻ですが
大身旗本堀田家の一人娘けいが、嫁ぐように命じられた男は、なんと博打好きの遊び人——遠山金四郎だった！

神楽坂 淳
金四郎の妻ですが2
借金の請人になった遊び人金四郎。返済の鍵は天ぷらを流行らせること⁉知恵を絞るけいと金四郎に迫る罠とは。

神楽坂 淳
金四郎の妻ですが3
「一月《ひとつき》以内に女房と認められなければ、他の男との縁談を進める」父の宣言に、けいは……。夫婦（未満）の捕物帳。

馳月基矢
伏竜《ふくりよう》
蛇杖院《じやじよういん》かけだし診療録
「あきらめるな、治してやる」力強い言葉が、若者の運命を変える。パンデミックと戦う医師達が与える希望とは。

馳月基矢
萌《もゆる》
蛇杖院《じやじよういん》かけだし診療録
因習や迷信に振り回され、命がけとなるお産に寄り添う産科医・船津初菜の思いと、初菜を支える蛇杖院の面々。